Cuentos Azules

Cuentos Azules

De la tristeza a la alegría,
pasando por la melancolía

Martha Espinosa

Para realizar pedidos de este libro, contacte con:
Palibrio
1663 Liberty Drive
Suite 200
Bloomington, IN 47403
Gratis desde EE. UU. al 877.407.5847
Gratis desde México al 01.800.288.2243
Gratis desde España al 900.866.949
Desde otro país al +1.812.671.9757
Fax: 01.812.355.1576
ventas@palibrio.com
449093

INDICE

DEDICATORIA

A DIOS. POR REGALARME una maravillosa vida.
A Mis Padres, Esteban y Martha (QEPD). Por ser el instrumento de Dios, y la guía de mí camino.

A Mi Hijo Alonso. Por ser el motor que me alienta a seguir adelante, la razón de mi vida.

A mi esposo Marco. Por ser mi compañero, mi amigo, mi cómplice en este alocado vuelo sobre la nube de los sueños. Y por unas increíbles fotos.

A mi Tía Rocío, mi segunda madre, por creer en mi, y enseñarme a creer yo también.

A René y a Juan, mis cuñados. Por ser los hermanos que no pude tener.

A Doña Chuyita, mi suegra (qepd), que me hizo sentir siempre protegida y en familia.

A todos los seres humanos hermosos, que en algún momento han pasado por mi vida, y que han tenido siempre como común denominador, el AMOR. Mi familia y amigos, mis mosqueteras (Mine y Clau), a Paty, y a todos los que han creído en mi y me han animado a darle vida a este sueño. GRACIAS, LOS AMO!!!!

A MANERA DE INTRODUCCION

CUENTOS AZULES, DE la tristeza a la alegría, pasando por la melancolía, un título sugerente sin duda. Un título que da a la autora la oportunidad de resumir en pocas palabras su idea de vida.

El Azul es un color que por si solo tranquiliza, relaja y da paz, pero también evoca sensaciones nostálgicas, es el color del cielo y del mar, los dos símbolos de la añoranza por excelencia. Las dos más grandes e incomprensibles maravillas de la naturaleza, pero también las de furia más implacable.

El Azul representa virilidad, fortaleza, pero a la vez es un color dulce, tierno, lleno de amor.

Blue, azul en Inglés, también significa tristeza. Da nombre a un género musical triste, dramático y melancólico, pero casi siempre lleno de una, a veces tonta, esperanza.

Cuentos Azules, es un producto creativo, de una mente creativa, que responde a la necesidad de expresión de una imaginación en movimiento.

Las historias conservan un elemento común, la fantasía. El ingrediente mágico que llega a darle un toque irreal a las mismas, pero que al tiempo deja espacio para la duda, creer o no creer?

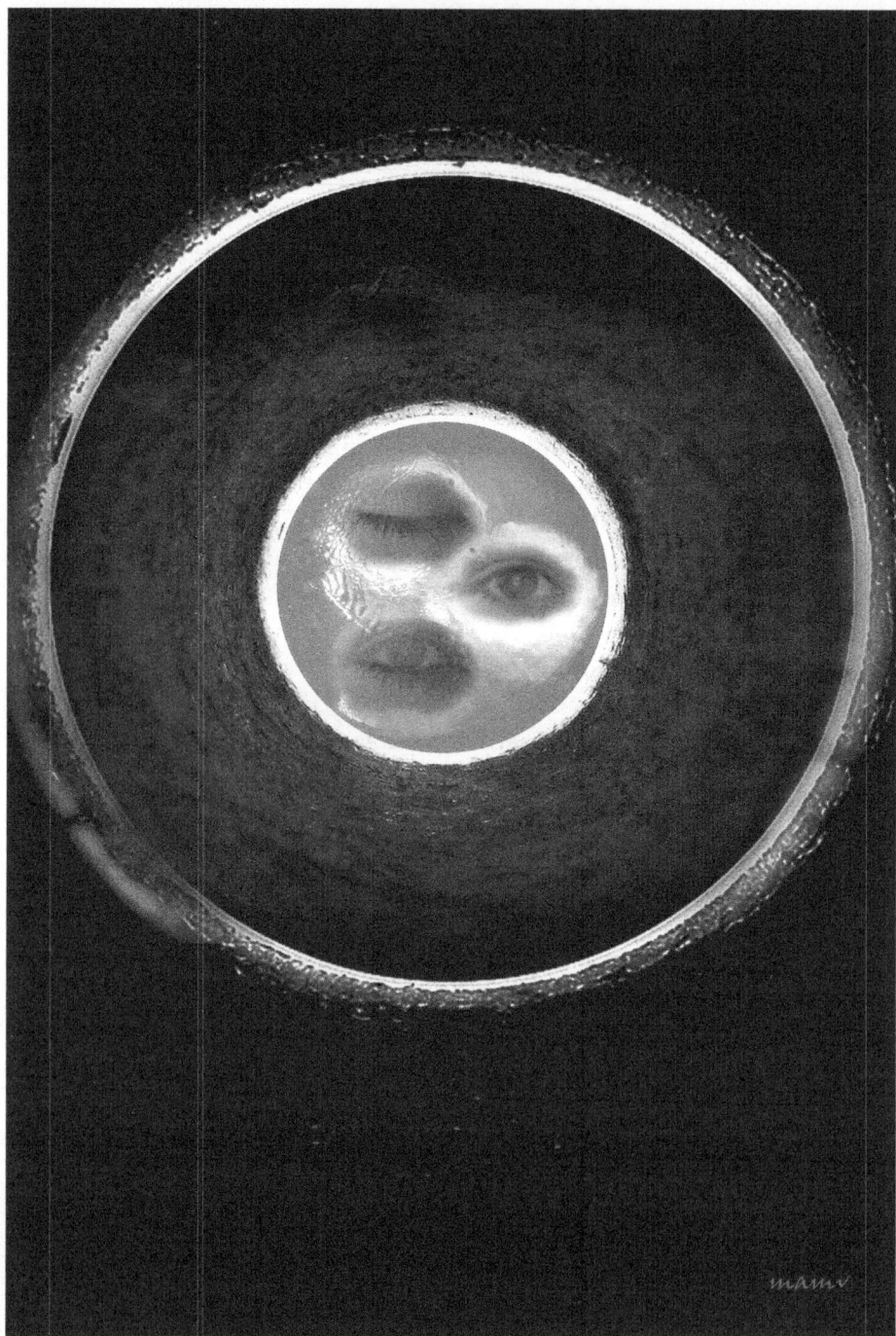

RUTH Y LAS VERDADES DE SOÑAR SOÑANDO

ABUELO.- CUÉNTAME TUS sueños pequeña Ruth, dime hacia donde vuela tu imaginación. La tierra esta lejos y el cielo esta cerca. No cierres tus ojos al gran descubrimiento, levanta la mirada y deja que el viento rompa en tu cara y en cada brisa deje una idea, en cada idea deje un momento, en cada momento un sueño y en el sueño la ilusión.

Ruth.- No puedo soñar abuelo, la tristeza cierra mis ojos del alma, los que deben permanecer abiertos cuando los del cuerpo duermen. Dime como hacer abuelo, toca mi cabeza con tu mano para que tu paz me inunde.

Abuelo.- Duerme pequeña Ruth, deja que la luna cumpla con su cometido de iluminar tu nocturno camino, el camino que recorren los audaces, los que no temen a la oscuridad pero respetan la luz. Dale a tu alma libertad para volar a sitios desconocidos e inexplorados, tómala de la mano pero abre tus brazos para que llegue lejos, permítele volar.

Ruth.- Ahí está abuelo, por fin lo logré, veo la puerta de los sueños, bendíceme abuelo que voy hacia allá.

El tiempo está corriendo, la puerta se aleja cada vez más, la campiña frente a mis ojos me dice que no es verdad, por fin es un sueño. ¿Cómo lo sé?, es demasiado bella, hay mucha luz y el viento es fresco, esto no es real. Frente a mi, una mariposa que detiene su vuelo en mi nariz, me mira fijamente y me dice "¡Ah!, ahí estas, nuevamente una intrusa en mi dominio". La luz del sol me impide ver algo más que su silueta, pero así es más mágico.

Tomo un respiro y contesto: "yo no soy intrusa, eres tu la que está en mi sueño". Ella parece no escucharme, me ignora y se pone a cantar: "El sol, el sol, como brilla el sol". Su vocecita chillona acaba por desesperarme. "¿Qué haces en mi sueño?, vete".

Mariposa.- El sueño no es de quien lo sueña, es de quien lo provoca. Si tu tienes un sueño agrádeselo al cielo, o a las nubes, o al sol, o al día, o a la noche, o al amor. A la felicidad, a la tristeza, …

Ruth.- Ya, ya, cállate, no soy tonta, entiendo. Mis sueños son producto de mi vida, pero entonces ¿qué haces tu en mi sueño?

Mariposa.- Imagínate, yo vuelo hacia donde yo quiero, duermo donde me place, vivo donde prefiero, en pocas palabras soy libre, yo soy tu anhelo de libertad.

Ruth.- Al decir esto desaparece. Una nube tapa el sol que me deslumbraba y veo todo un poco más oscuro, tengo miedo abuelo, ahora tengo miedo, creo que empiezo a darme cuenta de que he perdido mi anhelo de libertad. Lo ves abuelo, ves porque no quería soñar. En mi primer sueño he perdido mi don más preciado y se lo ha llevado una necia mariposa. No, ya no quiero soñar, voy a despertar.

Abuelo.- Espera mi niña, no comas ansias, no desesperes, aún no has visto nada. Para escapar de un mundo necesitas enfrentarlo y conocerlo. Saca fuerza de tu corazón y se valiente, permítete soñar nuevamente.

Ruth.- Cierro mis ojos y un letargo comienza a invadirme. De pronto me encuentro en una larga carretera dentro de un árido paisaje, a los costados solo veo polvo y viento, hacia delante alcanzo a vislumbrar un pueblo, no lo distingo del todo pero creo que es lindo. Comienzo a caminar hacia el y de pronto me siento cansada, me detengo un momento y vuelvo a andar, el cansancio me llega nuevamente, me detengo y respiro; este cansancio hace presa de mi una vez más, y dos y tres. Y camino más y más y me doy cuenta que cuanto más camino mi objetivo parece más lejano. Estoy desesperada abuelo, esta caminata parece ser eterna, quiero desistir. Cierro los ojos y lloro en silencio, escucho la voz de mi abuelo que me dice:

Abuelo.- Pequeña Ruth, ese pueblo es la vida que deseas, camina con fe, el destino quiere verte vencida, no le des ese gusto.

MARTHA ESPINOSA

Ruth.- La voz del abuelo se pierde en el viento, si, en ese viento que seca mis lagrimas y me obliga a abrir los ojos. Para mi sorpresa el pueblo lindo esta frente a mi, me alegro y me dispongo a entrar, ¡OH no, no otra vez!, el pueblo desaparece ante mis ojos, no lo puedo creer. Nuevamente deseo dejar de soñar, quisiera despertar.

A punto de claudicar escucho una voz que me dice: "Hola linda, ¿Hacia donde dirige sus pasos esta bella damisela?"

Me desconcierto, esa no es la voz de mi abuelo, es una voz diferente, suena dulce, pero sobre todo joven, muy joven. Levanto mi vista y descubro a un hombre apuesto, con una sonrisa bella y cordial, casi celestial. Lo miro y por un momento olvido todo, mi cansancio, mi desilusión y mi frustración, me concentro en su mirada, negra y profunda como una noche de miedo. Turbadora pero al mismo tiempo irresistible.

Cuando por fin salgo de mi embeleso le pregunto: ¿quién eres joven bello y que haces en mis sueños?.

El vuelve a sonreír y me contesta:
Joven.- Te he buscado pequeña Ruth, he hurgado en mis sueños tratando de encontrarte y hoy por fin pude entrar a tus sueños y estar contigo.

Ruth.- Pero ¿qué sabes de mí?, ¿por qué conoces mi nombre?

Joven.- Yo se todo de ti, se donde vives, lo que haces, con qué sueñas y a que le temes.

Ruth.- ya que tanto me conoces dime, según tu ¿a qué le temo?

Joven.- A ti misma, a ser feliz, a descubrirte hermosa y a vivir según tu propio código moral. Temes ser rechazada y a la vez temes ser aceptada. Temes amar pero también temes odiar. Quieres ser luz, pero te rodea la oscuridad.

Ruth.- Ya, ya, no digas más, yo sabía que tu belleza ocultaba algo más.

Joven.- Mi belleza no es nada junto a la tuya, pero eso lo descubrirás cuando decidas vivir. ¡Que Dios te cuide hermosa!

Ruth.- Dicho esto me miro con ternura, volvió a sonreír y me llenó de paz, levante mi mano y quise acariciar su mejilla pero mi caricia lo atravesó, el miró hacia arriba, cerró los ojos y desapareció.

No abuelo, esto ya no es posible, el destino ha jugado conmigo cuanto ha querido, me ha demostrado que me odia. Esta vez no me vas a convencer, voy a dejar de soñar.

Espero respuesta y el abuelo no contesta, enojada levanto la voz y digo: "¿ahora tu también me vas a abandonar?, por ti estoy aquí, por ti resistí los embates de ese duro destino, no me puedes dejar sola, ¡Contesta abuelo, contesta!"

De pronto, una tensa calma, abro los ojos y mi cama está húmeda entre sudor y lagrimas, mi corazón late de prisa y mi respiración es agitada. Mi madre entra en mi cuarto, me besa la frente, me abraza y me dice: "Ten valor pequeña Ruth, hay malas noticias".

Aunque no lo puedo creer, lo esperaba, y se que debo resignarme. En el negro ataúd junto al que estoy parada, descansa mi abuelo. Esto me duele, pero al mirar en su cara la expresión de paz y de serenidad que deja una vida llena de vida a la hora de la muerte, solo le puedo decir: "Gracias abuelo, gracias por enseñarme que es mejor vivir la vida soñando que solo soñar que se vive".

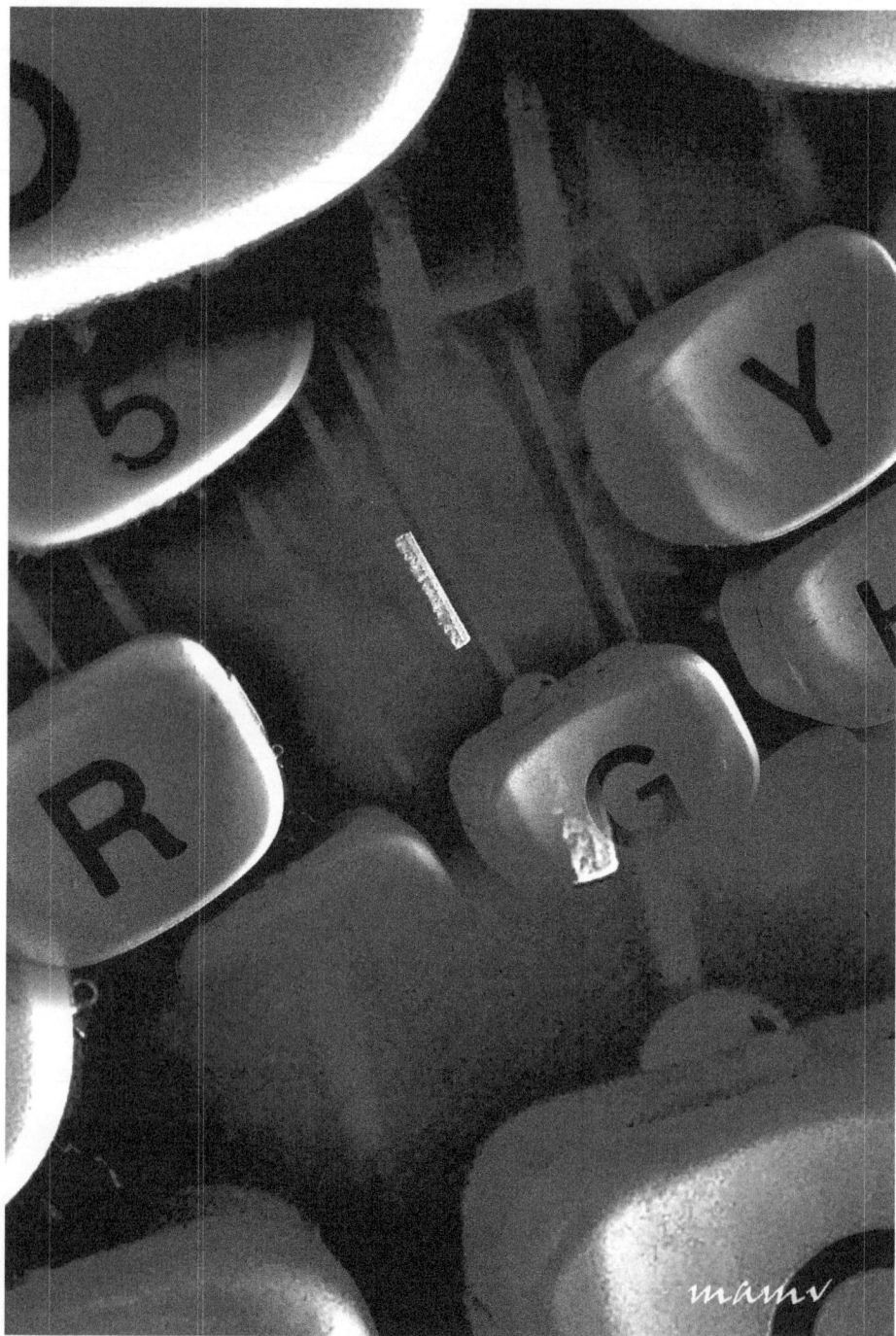

EL ESCRITOR

" ERA UNA MAÑANA fría, Luis Felipe Duval tomaba café absorto en sus pensamientos frente a una chimenea. De repente irrumpe escandalosamente a su oficina Freddy, su mano derecha, quien asustado le comenta:

-Sr. Duval acabo de estar en el sindicato y Francisco Perea me amenazó, dijo que si no cedemos a sus pedidos va a decirle al dueño del aserradero que usted lo esta robando y que yo soy su cómplice, ¿qué hacemos?

- Muy simple Freddy, ¡mátalo!"

Y con esto finaliza el capítulo de hoy. Abelardo Díaz de Sandi, afamado escritor de telenovelas termina su trabajo del día.

Abelardo Díaz de Sandi es un escritor de telenovelas de aproximadamente 40 años de edad, escribió su primera telenovela a la edad de 24 años y no fue hasta los 30 que consiguió por primera vez la oportunidad de llevar a la pantalla una de sus creaciones.

Vive en un pequeño pero cómodo y elegante departamento del sur de la ciudad. Le gusta que en sus novelas haya un villano típico, un desalmado sin escrúpulos como Luis Felipe Duval, el administrador del aserradero "Los Abetos" en la novela "Triste Corazón" que actualmente escribe Abelardo, casi al tiempo que esta se transmite por televisión.

"Triste Corazón" como la mayoría de las telenovelas tiene un galán, una heroína y un villano. Pero en las novelas de Abelardo rara vez se veía una heroína pobre que sufría eternamente por estar enamorada del galán rico con una familia que la desaprobaba.

Sus personajes siempre tenían un carácter fuerte, decidido e inteligente y aunque esto algunas veces le ocasionaba problemas con los productores, también ayudaba a enriquecer sus trabajos porque el prefería tener un constante movimiento de situaciones climáticas que una sola que durara mucho tiempo.

Abelardo tenía una imaginación prodigiosa, creaba grandes situaciones de pequeñas circunstancias, pero su especialidad eran sin duda, los villanos. Además tenía muy buena memoria, en eso radicaba su éxito, nunca repetía una situación, todos los días insertaba a cada capítulo de sus novelas una emoción nueva que mantenía al espectador pendiente del desarrollo de la trama. Era difícil creer que después de 15 telenovelas no hubiera repetido personajes o situaciones y sin embargo así era. Por este motivo llegó incluso a crearse gratuitas enemistades, y era obvio, una mente brillante siempre es envidiada.

Abelardo meditaba en todo esto al tiempo que se preparaba un sándwich para cenar. Después se dispuso a dormir, estaba cansado y harto de telenovelas por lo que ni siquiera le paso por la cabeza la idea de prender el televisor; tampoco le gustaban los noticieros, no quería saber nada de la realidad del mundo, sentía que esta lo distraía de su propia realidad, la de sus personajes, solo con ese aislamiento lograba crear la vida y el entorno de sus estos.

El reloj marca las 11 de la noche, en realidad no es muy tarde, pero Abelardo no da más, apaga la luz y se acuesta, cierra los ojos y se dispone a dormir. No pasan 3 minutos cuando un escalofrío le recorre la espalda y piensa: "no puede ser, debo de estar demasiado agotado", por segunda ocasión trata de dormir y ahora tiene la clara sensación de que es observado, casi automáticamente se incorpora e intenta prender su lámpara de noche, la la cual no responde. Abelardo comienza a preocuparse pero no pierde la calma, respira hondo y decide "¡voy a dormir!", pero… alguien tiene otros planes.
Al cerrar los ojos y dar la espalda a la puerta de su recámara escucha una dulce voz femenina que lo llama:

-Abelardo, soy Laura, tengo miedo, no apagues la luz.

El se levanta asustado y corre a la ventana donde la luz de una preciosa luna llena alumbra un poco más. Impulsado por una extraña fuerza dice:

-No te conozco, ¿quién eres?-. Y su pregunta se queda en el aire, nadie contesta y el todavía no distingue a su extraña interlocutora en la oscuridad.

Como si Abelardo no hubiera hablado Laura vuelve a decir:

-Abelardo tengo miedo, Artemio me quiere matar y solo tu puedes salvarme.

Sintiendo que la fuerza lo traicionaba, hace un último esfuerzo y vuelve a preguntar:

-¿Quién es Artemio y quién eres tu?

Ella solamente responde:

-Tengo miedo, sálvame.

Sorpresivamente ya no se escucha nada, el ambiente queda en calma, Abelardo increíblemente deja de sentir miedo, revisa su lámpara de noche y se da cuenta que funciona. Intrigado pero asustado se vuelve a recostar y logra conciliar el sueño.

Al día siguiente Abelardo estaba en las locaciones de "Triste Corazón" cuando ve pasar a Ana Yáñez, una bella actriz que ya en ocasiones anteriores había trabajado con él, de hecho acepto trabajar en esta telenovela solamente para tener nuevamente el placer de interpretar un personaje de Abelardo.

Ana iba de prisa y solo alcanzó a saludarlo de lejos:

-Hola Abelardo, ¿cómo te va?

El solo le hace un gesto con la mano, porque al escuchar su voz vuelve a sentir el escalofrío de la noche anterior y esto no le permite articular palabra.

En ese momento llega Miguel, el asistente del director quien saca a Abelardo de sus pensamientos:

-Abelardo, el director necesita que apresures el paso con los capítulos que faltan, la empresa nos acaba de pedir que entreguemos material por lo menos para un mes más, de lo contrario nos van a sacar del aire.

De momento Abelardo vuelve a concentrarse en "Triste Corazón" y contesta:

-No te preocupes, en menos de una semana tendrán quince capítulos y el resto en quince días, ¿está bien o hay algún problema?

Miguel solo hace una mueca y agrega:

-De preferencia termínalos antes, OK.

Un poco molesto Abelardo abandona la locación y vuelve a su casa, se siente frente a su computadora y piensa:

-No hay opción, tendré que trabajar día y noche todo el fin de semana-, vuelve la cabeza hacia el librero donde guarda las copias de sus escritos y en ton burlón se dirige a sus personajes- Hey ustedes, ¿Qué se creen que yo no tengo derecho a mi propia vida?, me están absorbiendo, vivo única y exclusivamente para ustedes, ¿no les da vergüenza?

Se hace un pequeño silencio, el sonido de un timbre hace que Abelardo de un salto, se dirige al teléfono y contesta:

-Abelardo habla Federico Manzo, necesito por lo menos 25 capítulos para mediados de la próxima semana, no me importa lo que tengas que hacer, sácate algo de la manga, no quiero que la empresa me ponga fuera del aire.

-Tú sabes como escribo, haré lo posible por acelerar el paso, pero de una vez te digo que no voy a hacer cosas que no me gusten, todo se hará a mi estilo-, contestó Abelardo al molesto director.

-Hazlo como quieras, pero hazlo, llámame en cuanto tengas listo el material, adiós.

Después de escuchar el fuerte golpe del teléfono de Federico, Abelardo cuelga y sin darle mucha importancia al incidente se dirige hacia un pizarrón de corcho que tiene en una pared y desprende un papel con un número telefónico escrito, toma nuevamente el auricular y marca, mientras espera que le contesten piensa en voz alta:

-Voy a hacer ricos a los dueños de esta pizzería, si sigo con este ritmo de vida, ellos van a ser los más beneficiados con mi trabajo.

Las horas están pasando, la pizza está prácticamente helada, pero Abelardo está tan concentrado en la escritura que prácticamente se ha olvidado de ella. Por fortuna su genio creativo está al máximo, lleva dos horas escribiendo y ha terminado dos capítulos, las ideas fluyen como agua, pareciera que el trabajo va a ser más sencillo de lo que esperaba, Abelardo suspiró aliviado, se levantó de su escritorio y después de tronarse los dedos recordó la pizza, calentó un trozo en el microondas y abrió una cerveza; no tenía hambre pero nuevamente lo invadía el fuerte cansancio de la noche anterior. Terminó su refrigerio y se fue a acostar, al poner la cabeza en la almohada, con su típica ironía expresó:

-Espero que Laura me permita dormir bien hoy-, casi inmediatamente se arrepiente de su comentario, pero como ya no puede hacer nada da la vuelta y trata de dormir.

Pasados unos minutos lo vuelve a invadir aquel extraño escalofrío que cada vez se le hace más familiar y en seguida la dulce voz de Laura:
-Abelardo, ¿por qué no quieres salvarme?, yo no quiero morir.

Abelardo toma fuerza y le contesta:
-Te prometo ayudarte si me dices quién eres y que es lo que quieres.

Para su sorpresa Laura le contesta:
-Soy Laura Cortés y estoy en peligro de morir.
-Y ¿quién quiere matarte?
-Mi novio, Artemio Robles, sabe que he descubierto la fórmula de un material que puede hacerlo inmensamente rico y por eso quiere deshacerse de mi, le estorbo en sus planes.

Justo en ese momento Abelardo cae en cuenta de que Laura Cortés es un personaje de su novela "Abismo", y que efectivamente Artemio Robles era su novio. En realidad la situación que ella le contaba era una creación de él. Confundido y a la vez molesto le responde:
-Mira Laura, tu no existes, eres un personaje que yo cree y nada más. La novela ya terminó hace tiempo y para que alcanzara el éxito que tuvo era necesario que Artemio te matara.

Entonces con voz entre triste y molesta, Laura le reclama:

-Entiendo, no te conviene salvarme, si dejas que Artemio se salga con la suya tu novela será un éxito, te importa muy poco que yo me muera, tu egoísmo solo quiere eso, éxito.

Abelardo se confunde, por una parte quiere convencer a Laura de que su muerte era necesaria para el desarrollo de la novela y por otro se siente tonto tratando de hacer entrar en razón a un personaje de novela, que no existe y que el creo, aún así vuelve a insistir:
-Laura por favor vete, yo ya no puedo hacer nada por ti, tu personaje está muerto, ya es historia; además yo te inventé y tu debes de obedecerme.

Por toda respuesta Laura lanza un grito de terror y se va diciendo con voz temblorosa:
-No me quiero moriiiiiiir, no me quiero morir.

Abelardo siente frío y se preocupa, no puede creer que esté llegando hasta el punto de ver a sus personajes. Piensa que tal vez se ha excedido en trabajo, o si estará enfermo; en fin, trata de hacer mil conjeturas que lo lleven a encontrar una explicación lógica a lo que le pasa.

Sorpresivamente un pensamiento le da un vuelco en la cabeza:
-¡Oh! cielos, ya se porque sentí escalofríos cuando Ana Yáñez me saludo hoy por la mañana, ella interpretó a Laura Cortés en "Abismo", su voz me recordó mi extraño encuentro de la noche anterior.

Asustado e incrédulo trata de calmarse, se levanta y se toma otra cerveza, después trata de volver a dormir, después de algunos instantes, por fin lo logra.

Al día siguiente se levanta temprano, se pone un pants y sale a caminar:
-Necesito aire fresco, si sigo pensando en lo que ocurrió anoche no voy a poder concentrarme para continuar con mi trabajo.

Cuando llega a su casa se prepara un nutritivo desayuno, cabe mencionar que además de ser un excelente escritor Abelardo era muy buen cocinero, solo que no tenía mucho tiempo para la cocina, las letras lo absorbían por completo.

El día transcurrió normal, la mayor parte Abelardo se la pasó sentado frente a la computadora, tenía ideas pero no tantas como el día anterior, a eso de las nueve de la noche se levanta harto y se dispone a cenar:
-Creo que por hoy es suficiente, ya no doy más, mañana continuaré, hoy solo quiero dormir, si puedo- dijo nervioso.

Y por increíble que parezca pudo dormir, esa noche no sucedió nada, ni la siguiente, ni durante tres noches más.

Gracias a esto Abelardo se tranquilizó y pudo terminar, como había prometido, con la primera parte del trabajo que tenía pendiente. Entregó los veinticinco capítulos el día pactado, ante la mirada atónita pero complacida de Federico Manzo:
-Abelardo, nunca dejas de sorprenderme, lo hiciste otra vez. Terminaste el trabajo y cada capítulo tiene tu sello personal, ahora solo entrégame lo que falta y te garantizo que, igual que en otras ocasiones tu novela será todo un suceso.
Abelardo regreso a su casa a eso de las 7:00 de la noche, paso buena parte de la tarde caminando para despejar su mente, aunque no lo admitía le preocupaba el extraño encuentro que había tenido con Laura Cortés.
Mientras abre la puerta y realiza su rutina diaria de encender luces, revisar sus mensajes y preparar algo para cenar piensa:
-¿Será posible que la gente que me dice que trabajo demasiado y que vivo para mis personajes tenga razón?

Después de esta reflexión vuelve a sentarse frente a la computadora y se dispone a continuar con los capítulos que le faltan de "Triste Corazón".

Repentinamente vuelve a sentir ese escalofrío ya tan conocido y tristemente recordado por el, espera escuchar la voz de Laura Cortés, pero para su sorpresa ahora escucha una voz masculina.
-Abelardo ¿por qué me dejaste morir?
El contesta:
-¿Y tu quién eres y que es lo que quieres?
La voz le responde:

-Soy Alberto Arévalo y quiero que me salves de morir a manos de Viviana.

Abelardo ahora cambia su táctica y sigue la corriente a su visitante.

-Mira Alberto si haces las cosas mal no esperes que te vaya bien.

Alberto responde:

-¿A qué te refieres?

-Tú engañaste a Viviana con varias mujeres, era normal que ella se cansara y que ahora quiere matarte.

-Pero tú puedes evitarlo.

-No, no puedo; y de una vez te digo, vete de aquí, déjame en paz, no pienso dejarme intimidar por ustedes. - Dijo Abelardo refiriéndose a sus personajes.

-Pues entonces te vas a arrepentir- y desapareció.

Como ya imaginará usted, Alberto Arévalo era personaje de una novela de Abelardo, esta vez era de "Alma Lejana".

Se trataba de un hacendado que aprovechaba cualquier ocasión para acosar a las mujeres que le rodeaban, empleadas, conocidas, amigas suyas y de su esposa, en fin, era un mujeriego incorregible. En la trama de la telenovela Viviana, su esposa, harta de esta situación decide matarlo.

Abelardo trata de olvidar el incidente y se dispone a dormir.

Vuelven a transcurrir alrededor de tres días en aparente tranquilidad, el cuarto día justo cuando Abelardo regresa de entregar la última parte de los capítulos que le faltaban de "Triste Corazón", al abrir la puerta de su departamento siente un fuerte olor a campo, como si hubiera llegado a un lugar lleno de pasto, árboles, aire y animales. Al encender las luces ve que todo esta igual que siempre, pero al acercarse a su área de trabajo nota que el librero donde guarda sus novelas está en total desorden, hay libros tirados, algunos hasta rotos, pero hay uno en especial que llama su atención, el original de "Alma Lejana" abierto justamente en la página que narra la forma en que Viviana mata a Alberto. Esto no es todo, precisamente esa parte esta tachada, como si quisieran eliminarla, y sobre toda la página, escrito con tinta roja muy parecida en color a la sangre decía: "Alberto mató a Viviana y nadie pudo salvarla".

Abelardo realmente se asusta, por primera vez uno de sus personajes cambia la historia a voluntad, la creación desafía al creador.

MARTHA ESPINOSA

A la mañana siguiente, en su acostumbrado paseo por el foro de "Triste Corazón" se encuentra con Miguel, el asistente del director, quien con el semblante preocupado lo mira y de golpe le dice:

- ¿Supiste lo que pasó con Ana María Sandrini?

Abelardo contesta:

-No, ¿qué pasó?

-Amaneció muerta hoy por la mañana, aparentemente ahorcada con un pañuelo que llevaba al cuello, nadie sabe nada, no hubo testigos, además la familia no quiere dar ninguna declaración.

Abelardo siente que se le doblan las rodillas, que todo le da vueltas y se sienta en un banco que Miguel le había acercado, se lleva las manos a la cabeza y piensa para si:

-Ese maldito de Alberto se salió con la suya, la mató por desafiarme"

Efectivamente, Ana María Sandrini era la actriz que había interpretado a Viviana, la esposa de Alberto Arévalo en "Alma Lejana".

Abelardo, ya en su casa, comienza a perder la frontera entre la realidad y la ficción, está muy preocupado por la rebelión de sus personajes. Asustado por los alcances de la ira de Alberto. De pronto algo le preocupa aún más, desesperado y con movimientos entorpecidos por el miedo saca los libros de sus otras novelas y comienza a revisarlos por orden, una voz en su interior le dice que todavía le falta recibir más visitas, así que comienza a releer sus historias para saber a quien más va a tener que enfrentarse.

De esta forma van pasando nuevamente frente a el todos sus personajes, especialmente los villanos: De "Amor Total", Laura Villaseñor, una chica rica y muy desalmada capaz de quitar de en medio a todo aquel que signifique un obstáculo para lograr su ansiado sueño de ser actriz. De "Nueva Vida" Adolfo Márquez, un médico corrupto y sin escrúpulos que comerciaba con niños recién nacidos, vendiéndolos a parejas extranjeras y haciendo creer a los padres que habían muerto de una rara enfermedad, por lo cual no les permitía volver a ver el cadáver y les pedía a las funerarias que entregaran cajas con cualquier objeto adentro y selladas bajo el pretexto de la enfermedad.

También estaba Adelaida Manzanos, directora de un orfanatorio, que hacía sufrir a los niños que vivían ahí y cobraba cantidades exorbitantes de dinero a los padres que querían adoptar un pequeño, lucraba con el instinto maternal. En "Días de Sol" Adriana Rangel, la camarera de un bar de playa que seducía, encantaba y engañaba a los hombres ricos que iban a la playa solamente para obtener dinero y posición social.

Y así fue recorriendo una a una todas sus novelas, hasta que de pronto hubo una que llamó en especial su atención, y que lo hizo volver a sentir aquel famoso escalofrío, pero de una manera tan exagerada que casi se paralizó del terror. Se trataba nada menos que de "Amarga Agonía", una de sus mejores creaciones, en la que tenía al villano más cruel y desalmado, Fabián Villasana. A Abelardo se le erizó la piel al recordarlo, era sin duda un excelente personaje y había sido magistralmente interpretado por Rafael Aldasoro, actor de mediana edad que había hecho de este personaje su consagración como actor.

Cuando Abelardo recordó las maldades de este hombre, el temor lo invadió, y su primera reacción fue esconder el libro en lo más recóndito de un viejo baúl que nunca usaba, y en el que guardaba las cosas que no le agradaban o le traían malos recuerdos. Tal vez pensó que con eso evitaría que las víctimas de Fabián le reclamaran, que lejos estaba de pensar que esto era solo el principio.

Abelardo se fue a dormir, aparentemente el alejar de su vista a los que pensó que podrían ser sus próximos visitantes lo mantuvo tranquilo. Cuando apagó las luces y puso su cabeza en la almohada comenzó a caer en un profundo letargo.

Y así, como entre sueños escuchó unas varoniles y estridentes carcajadas, obviamente no les dio mucha importancia porque pensó que estaba soñando.

Al día siguiente cuando se levantó, su primera sorpresa es que se encuentra el libro de "Amarga Agonía" sobre su mesa de escritura, abierto en la página 32, como por instinto y lleno de miedo, comienza a leer:

-"Fabián Villasana llega a casa de su hermano Andrés dispuesto a reclamar a Marcela, la esposa de este, que le hubiera dicho a este que él la había acosado. Esto provoca un fuerte disgusto y una consecuente rivalidad entre los hermanos. Fabián, lejos de disculparse, trata de abusar de Marcela, cuando ella se defiende, el la toma de la cabeza y le da un brusco giro hasta que escucha el crujir de sus huesos, ella cae sin vida a sus pies, el solo la mira, da una patada al cadáver y se marcha al tiempo que enciende un cigarrillo."

Como empujado por una desconocida fuerza, Abelardo hojea el libro y, como si lo planeara vuelve a abrir otra página en la que Fabián comete otro de sus crímenes:
"Fabián llega a su casa por la noche, su hermana Amelia lo espera para comentarle que Guillermo, su prometido, irá al siguiente día a hablar con él para pedirle formalmente su mano y fijar la fecha de la boda. Fabián, hipócrita, accede a recibirlo y Amelia se va a dormir contenta.

Pero cuando Fabián se queda solo piensa en voz alta:
-Y esta tonta cree que voy a permitir que se case, por supuesto que no, porque si ella tiene hijos habrá más Villasana con quien compartir la fortuna que heredé de mi padre. No estoy loco, ese matrimonio no se realizará.
Se levanta, toma el teléfono y llama a Julián, su matón de cabecera:
-Tengo un trabajito para ti Julián …
Al siguiente día por la tarde Amelia lo busca llorando desconsolada y le cuenta que Guillermo tuvo un accidente de tránsito en el que desgraciadamente murió. Fabián finge consolar a su hermana, pero cuando ella no lo ve, el sonríe satisfecho."

Al terminar de leer, Abelardo cae desmayado. Una voz femenina lo hace volver en sí, o al menos eso cree el.
- Abelardo, soy Marcela, yo no merecía morir
Abelardo le responde:
- Fabián es muy malo y estaba encaprichado contigo, pero como tu no le correspondiste y hasta se lo contaste a tu esposo, el se enfureció.
Marcela lo mira con odio y resentimiento y contesta:
- Ahora resulta que yo tuve la culpa, tu eres el escritor y pudiste evitarlo, pero no lo hiciste, te vas arrepentir.

Al decir esto, Marcela se va.

Abelardo está tan asustado y confundido que comienza a llorar y así entre sollozos y lágrimas se queda dormido.

A la mañana siguiente se levanta aparentemente tranquilo, lo único que lo molesta es un extraño dolor en el cuello, como no es muy intenso, el trata de no darle importancia y continúa su día en aparente tranquilidad, incluso se sienta un rato frente a la computadora para tratar de comenzar una nueva historia pero nada se le ocurre.

Casi al anochecer y sin haber logrado escribir algo, Abelardo sale a caminar, pero a mitad de su paseo el dolor del cuello lo vuelve a atacar, ahora sí con más intensidad, el trata de no preocuparse pero se dirige a una farmacia, compra unas pastillas y decide que es mejor regresar a su casa a descansar.

Cuando llega a su departamento siente un olor parecido al del plástico quemado, aún sin prender la luz, piensa:

- Tal vez dejé las ventanas abiertas y entró algún olor de la calle.- Dicho esto, enciende la luz y se dirige a su mesa de trabajo para guardar sus cosas antes de dormir.

Abelaldo ve que sobre ella hay un cable, aparentemente de un automóvil, el lo toma en sus manos sin saber que significa. Justo mientras trata de entender que hace ese cable ahí, escucha una voz que le dice:

- ¿Te sorprende verdad?, por si no lo sabes es el cable de los frenos de mi automóvil

Abelardo contesta:

- ¿y que hace aquí?

- Es un pequeño recuerdo mi querido Abelardo. Es el cable que Fabián mandó cortar para deshacerse de mí, el de mi auto.

Abelardo temeroso trata de no buscar la cara de su interlocutor y solo atina a preguntar:

- ¿Guillermo?

El le responde:

- Si, Guillermo, otra víctima de Fabián Villasana.

- ¿Qué quieres?

- Contarte como fue mi muerte par que te sientas igual o más culpable que Fabián por haber permitido que sucediera.

- Yo solo soy el escritor, ustedes tienen que cumplir el destino que yo les dé.

- Si, eso dices tú porque te convenía que Fabián cometiera miles de atrocidades. Pero eso no es lo que interesa ahora, quiero que escuches mi relato.

Abelardo asustado y sintiendo que el dolor del cuello aumenta cada vez más le dice:

- No quiero escucharte, vete y no me atormentes más.

Guillermo no hace caso y comienza a narrar:

- Yo me dirigía a casa de los Villasana a pedir la mano de Amelia, salí de mi casa en la montaña en la que vivo y en la que deseaba que Amelia y mi hijo vivieran conmigo…

Abelardo abre a gran tamaño los ojos y pregunta:

- ¿Amelia estaba embarazada?

Guillermo responde:

- Cállate, déjame continuar. En una curva peligrosa traté de frenar, obviamente no pude, mi auto se volcó y yo sufrí innumerables golpes, pero aún así traté de salir cuando dejó de dar volteretas, casi iba a lograrlo pero entonces el auto explotó. Las quemaduras y la asfixia por el humo, lentamente fueron acabando con mi vida. Guillermo desapareció.

Abelardo estaba boquiabierto, no sabía que decir o que hacer, su dolor en el cuello aumentaba a medida que el se angustiaba, y para colmo ahora comenzaba a sentir un ardor en el cuerpo y el olor a humo se hacía cada vez más penetrante. Abelardo se desespera, llora, grita, ríe sin control.

El reloj sigue caminando, pero Abelardo ya perdió la noción del tiempo, está sentado junto a su computadora con la mirada perdida cuando escucha el llanto de un bebé. Fuera de sí Abelardo vuelve a tomar el libro de "Amarga Agonía", sin buscar abra una página al azar y comienza a leer:

"Al enterarse de que su hermana esperaba un hijo de Guillermo, Fabián ordena a Juvencio, la sirvienta de la casa que "Accidentalmente" empuje a su hermana por la escalera, Juvencio lo hace y después de unos días hospitalizada Amelia finalmente pierde a su bebé."

El tiempo continúa pasando, Abelardo recibe otra visita, ahora es Jaime Medina, amigo de la infancia y socio de Fabián.

- Hola Abelardo, ¿no me esperabas, verdad? Vengo a reclamarte tu injusticia, fuiste cómplice de una traición vil.

- Vete Jaime, no me atormentes, yo no tengo la culpa, yo solo soy el escritor.

- Claro que tienes la culpa, tú eres el responsable de que en el corazón de Fabián exista tanta maldad. Tu hiciste que yo fuera su mejor amigo y que creyera en el hasta el punto de firmarle un contrato donde le cedo mi parte del negocio si muero, por lo que como comprenderás le convenía mi muerte.

- Yo quería que el fuera tu amigo.

- Fabián no es amigo de nadie, solo de su avaricia, me uso mientras mis ideas y mi habilidad para los negocios le sirvieron.

Abelardo ya está desesperado, el dolor del cuello y el ardor de su cuerpo lo atormentan, aún así pregunta:

- ¿Cómo fue que te asesino?

- Muy simple, un balazo en la sien y todo preparado para simular un suicidio, original ¿no crees?- Después de decir esto desaparece.

Desesperado, Abelardo sale corriendo de su casa, quiere huir de lo que lo atormenta, pero sus dolores se van con el. Sin saber como, después de caminar sin rumbo varias horas llega a la casa de Rafael Aldasoro, el actor que había interpretado a Fabián Villasana.

Ansioso toca el timbre y cuando Rafael abre la puerta se abalanza sobre él y le pone las manos al cuello queriendo ahorcarlo, Rafael desconcertado y tratando de soltarse le dice:

- ¿Abelardo que te pasa?, déjame ¿por qué quieres matarme?

- Porque eres un asesino, la gente a la que mataste me esta torturando.

- Estás loco ¿de qué hablas?

- Te parece poco, Marcela me acusa de que la hayas matado, Guillermo fue a contarme lo dolorosa que fue su muerte, el espíritu del bebé de Amelia me persigue, escucho su llanto. Y para colmo Jaime dice que soy tu cómplice.

Rafael poco a poco va dándose cuenta de que Abelardo se refiere a los personajes de la novela y le dice:

- Abelardo cálmate, ni tu ni yo tenemos la culpa, yo soy un actor y tu el escritor.

- Eso les dije yo, pero ellos me atormentan, Marcela me dejó su dolor de cuello, Guillermo el ardor de sus quemaduras y Jaime un dolor de cabeza que me esta matando, además no dejo de oír llorar a ese niño. Estoy desesperado por eso vine a matarte para que ellos me dejen en paz.

Al decir esto vuelve a ponerle las manos al cuello, con mucho menos fuerza que la primera vez, casi inmediatamente lo suelta y baja las manos al tiempo que rompe a llorar, después grita desesperado:
-¡No los dejes que se acerquen, me van a matar!- y cae desmayado.

Han pasado siete meses desde aquella noche, Abelardo está más tranquilo, la estancia en el hospital psiquiátrico Santa Cecilia le ha sentado bien, ya hasta se siente con ánimo de volver a escribir. Por supuesto la amarga experiencia vivida le dejó una secuela, su estilo, su sello personal murió con los personajes que tuvo que matar para recuperar su cordura.
Esto lo entristece pero está consciente de que su tranquilidad lo vale.

Después de reflexionar un poco sobre esto suspira aliviado, se sienta junto a su computadora portátil y comienza a escribir:
"Esta es la historia de Adelaida, una joven humilde, enamorada de Luis Alfonso del Peral, un muchacho rico, la familia de el no acepta su relación con Adelaida…"

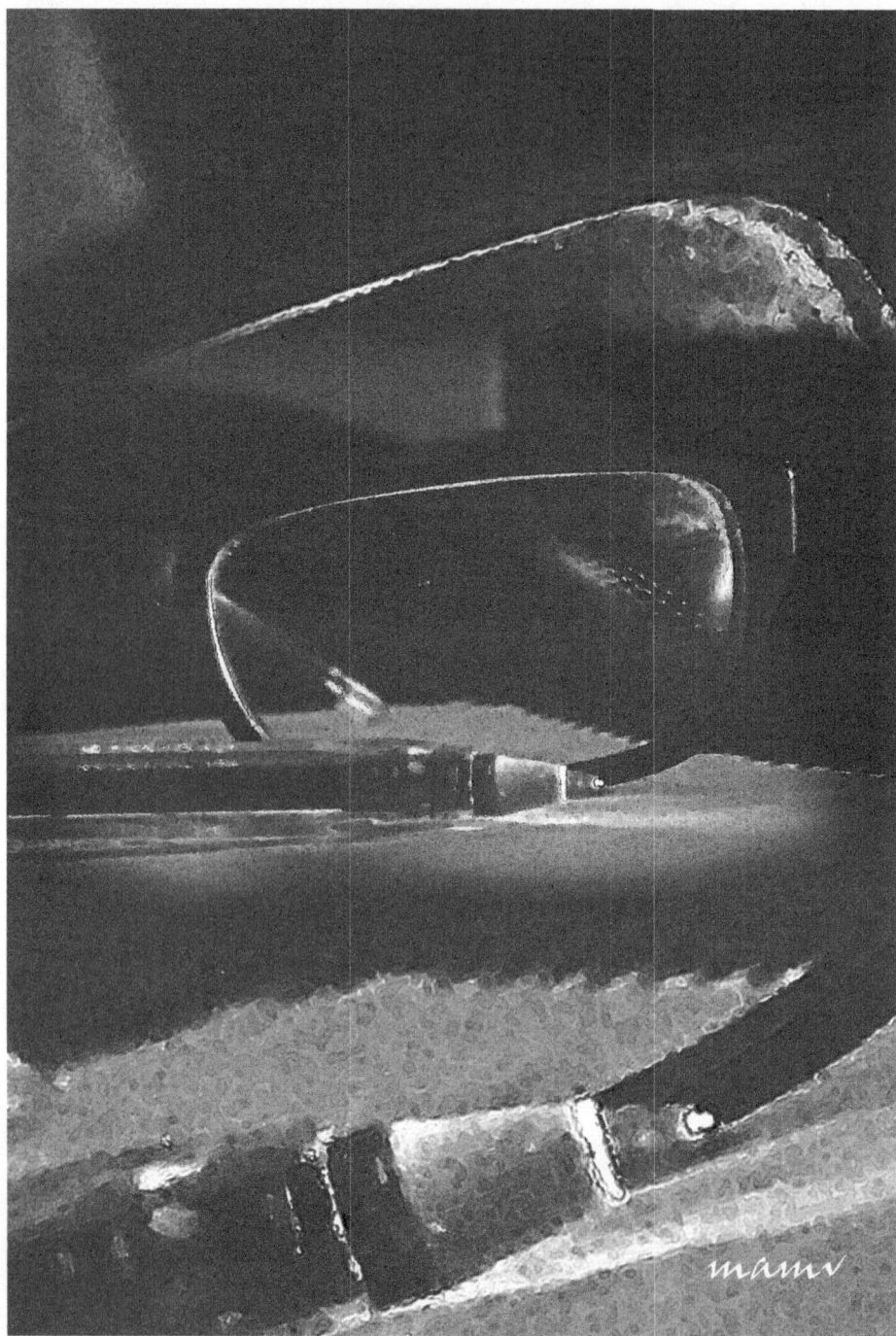

HUGO

31 de Diciembre / 1º. De Enero

ESTOY SENTADO EN mi escritorio frente a una libreta nueva y una pluma. Yo siempre pensé que escribir diarios era cosa de mujeres, pero hoy necesito tanto alguien en quien confiar que creo que es la única opción que tengo.

Como eso de "Querido Diario" se me hace muy femenino, para mí vas a ser mi amigo, es más, te vas a llamar Hugo, OK?

Pues si Hugo, como te darás cuenta yo debería de estar "departiendo" con mi familia y amigos en la cena de Fin de Año, pues no lo estoy. Imagínate como estará el ambiente que preferí venir a meterme a mi cuarto a hablar contigo.

Resulta que, para variar, empecé el año siendo "la oveja negra" de la familia, porque los miles de defectos que según mis papás tengo, se agrandaron al doble cuando mi hermano mayor, Fernando (mejor conocido como "Don Perfecto") dijo que por su excelente promedio en la escuela de medicina había ganado una beca para hacer una especialidad en Suiza, ¿cómo ves?, y eso no es todo; "Doña Virtudes", mi hermana Georgina, nos dio la buena nueva de que va a tener a su cuarto bebito, claro ella solamente se dedica a tener bebés mientras mi cuñado trabaja como burro. Y para rematar llega la sin chiste de Lulú, la menor de mis hermanas, con el taimado de su novio a decir que se van a casar en tres meses.

Así es mi querido Hugo, en toda esta "bonita y armoniosa" familia el único sin buenas noticias es "el tonto de Raulito", tu servidor; que no solo no he hecho nada importante en mi vida (según mi mamá) sino que para colmo reprobé tres materias este semestre, tengo una novia que no les cae a mis papás y que quiere que vivamos en unión libre. Por cierto, olvidé decirte que tengo 23 años, estudio el sexto semestre de la carrera de Diseño Industrial. No, no hagas cuentas, voy atrasado en materias, debo de terminar en un año pero al paso que voy no se ni siquiera si voy a salir, ¿por qué crees que tengo tan contentos a mis papás?, ellos querían un Abogado o un Doctor.

Bueno Hugo, por hoy te dejo, me llaman para cenar. Voy a ponerme nuevamente mi máscara de sonrisa, voy a abrazar a mi familia y a desearles "Feliz Año Nuevo". Luego nos vemos.

15 de enero

Hola Hugo:

Aquí estoy otra vez. Hoy no tengo mucho que contar, solo que entre los preparativos de la boda de mi hermana y las broncas de mis jefes, no me han hecho mucho caso.

Por lo pronto ya logré sacar una de las tres materias que había reprobado. Una botellita de un buen tequila para el profe y todo arreglado. Bueno por lo menos ya nada más me quedan dos.

Ahora la que me trae en jaque es Diana, mi novia, insiste en que vivamos juntos. Y no creas que no quiero porque le saque al paquete, yo se trabajar y creo poder mantener una casa; lo que pasa es que no estoy seguro de querer tomar un compromiso tan serio, por lo menos con ella.

Aquí entre nos, te diré que ya no me atrae como al principio, de hecho ya no se si alguna vez me atrajo realmente. No, no seas mal pensado, no me gusta otra chava; simplemente ya no quiero estar con Diana.

Es más, acabo de decidir que voy a cortar con ella, yo se que no va a ser fácil, pero más vale hacerlo ahora y no cuando ya vivamos juntos y todo sea más complicado.

OK, Hugo, deséame suerte, porque la voy a necesitar.
Nos vemos luego.

20 de enero

Hugo:

Aquí vengo de nuevo. Déjame contarte que ya corté con Diana. Como te imaginarás me armó un pancho de miedo. Se puso histérica, me gritó que me iba a arrepentir, que no tenía palabra, y una o dos linduras más. Nunca la había visto tan enojada; es más, hasta me restregó en la cara que se iba a ir con el primero que se le atravesara. Pero bueno, eso ya es asunto de ella, a mi ya no me incumbe lo que haga con su vida.

Afortunadamente esto no me afectó porque si hubiera sido así, imagínate la desanimada que me hubiera dado mi mamá. Llegué a contarle que había terminado con Diana y lo único que me dijo fue:

- Que lástima, ¿me llevas a comprar las cosas para la despedida de tu hermana?-. Ni me peló, por eso, mi buen Hugo, te tocó a ti la chamba.

Bueno, pasando a algo más importante, no te había contado que ahora que inició el semestre entraron compañeros nuevos. Hay dos o tres que, según mis compañeras, están de buen ver, por lo menos a ellas las traen locas. De hecho uno de ellos, Adrián, me cayó muy bien, es muy serio y medio nerd, pero cuando platicas con el, te das cuenta de que sabe muchas cosas, tiene la platica agradable y es muy simpático.

¡Ah caray!, creo que ya me metí mucho a hablar del buen Adrián, pero no importa, próximamente te lo voy a mencionar seguido, nos hemos hecho buenos amigos, y ahora que ya no tengo novia voy a tener más tiempo libre para los cuates.

Bueno amigo Hugo, por hoy me voy, tengo que estudiar, porque todavía me falta salvar dos materias, y estas si van a ser por medio de examen, porque ya no tengo tequila y estos profes no se dejan sobornar.

Nos vemos luego, bye.

13 de Febrero

Hola Hugo:

Fíjate que hoy vengo contento, creo que voy a pasar las materias que me faltan. Adivina quien me esta ayudando a estudiar, pues mi amigo Adrián. Me tiene de veras sorprendido, ¡como sabe este cuate!

Por otro lado déjame decirte que ya solo falta un mes y medio para la boda de mi hermana, y desde que mi mamá y ella supieron que corté con Diana se han dado a la tarea de conseguirme una acompañante. Lulú, mi hermana, ya me presentó todo un catálogo de amigas que tiene. Yo no se por qué no entienden que no quiero una novia; que si terminé con Diana fue porque por ahora no me interesa pensar en mujeres. Pero, en fin, ya se cansarán de insistir y me dejarán en paz.

¿Sabes algo?, no te había contado que Adrián tampoco tiene novia, también dice que no le llama la atención; lo que no me ha contado es si ya tuvo alguna.

Pero bueno, en realidad no me interesa, lo que importa ahora es que somos buenos amigos y la pasamos bien juntos.

Fíjate que el sábado fuimos al cine a ver una película de karate, a el le gustan mucho, pero si te soy bien sincero, a mi me pareció un poco exagerada, claro que eso no se lo dije a Adrián porque no quiero hacerlo sentir mal. Total, me voy a acostumbrar porque dijo que le gustaría que volviéramos a ir.

Bueno Hugo, me voy, mañana temprano va a pasar Adrián por mí para ir al deportivo a nadar y luego nos vamos a poner a estudiar.

Nos vemos luego Hugo.

26 de Febrero.

Hola Hugo:

Hoy tengo dos o tres cosas que contarte.

Fíjate que estoy muy emocionado porque ya pasé las materias que debía, por supuesto todo gracias a Adrián, es un excelente maestro y un gran amigo.

Por fin en quince días se casa mi hermana, y gracias a Dios y a dos o tres gritos que tuve que dar, dejaron de insistir en que acompañara a alguna de sus amigas, es más, a regañadientes aceptaron darme un boleto para Adrián, ojalá se la pase bien y mis gentes no hagan una de las suyas.

Casi se me olvida contarte que el día que fuimos a nadar, Adrián me contó que ese es su deporte favorito. De hecho dice que estuvo a punto de participar en el equipo olímpico pero que a última hora lo rechazaron, lo que no me dijo fue por qué, ¿qué raro no? Yo no insistí porque noté que le molestó tocar el tema.

Ese día me di cuenta de que es un chavo muy deportista, lo que sea de cada quien se le nota, tiene un cuerpazo el cuate, muy fornido, muy atlético. A lo mejor es por eso que se trae locas a más de dos en la escuela.

Bueno mi Hugo, por hoy me despido, nos vemos luego.

14 de Marzo

Hola Hugo:

Hace mucho que no te saludaba pero es que con todos los últimos detalles de la boda, adivina a quien trajeron como loco, obviamente a tu servidor.

Por fortuna ya pasó todo. Ayer finalmente fue la boda de Lulú, ella se veía muy bonita con su vestido y el novio se veía muy galán con su smoking.

Como ya te conté, no pudieron encasquetarme a ninguna de las amigas de Lulú. Yo a la única persona que invité fue a Adrián; no nos la pasamos mal, pero no fue lo que yo esperaba.

Como el Adrián es muy carita no faltaron las resbalosas de mis primas echándosele encima y sacándolo a bailar, el como es muy educado pues tuvo que bailar con ellas y con alguna que otra vieja loca que andaba en la fiesta.

Por cierto, que bien baila el cuate, tiene un ritmo que parece que nació bailando; como te imaginarás todas las viejas estaban como loquitas con el. "Es un cuero" dijo la tonta de Sandra, una de mis primas. Otra que ya está casada me dijo cuando lo vio "que lástima, si lo hubiera conocido antes".

Total que entre el acoso de estas fulanas y los mitotes propios de la boda se nos fue el día.

OK Hugo, nos vemos, te dejo porque quede de hablarle a Adrián a ver que hacemos hoy.
Bye.

22 de Marzo

Hace aproximadamente una semana de la boda de Lulú, y vas a creer Hugo, que la loca de Sandra mi prima ha estado fregando con que quiere que le arregle una cita con Adrián, yo le digo que no de lata, si el quisiera salir con ella ya me lo hubiera dicho, aunque la verdad no creo, yo no veo que Adrián ande en busca de chava, por lo menos no ha comentado nada, de lo único que platicamos es de lo bien que nos la pasamos juntos y de todas las actividades y aficiones que compartimos, en fin.

Por cierto Hugo, tengo que contarte algo muy desagradable que nos pasó ayer en la escuela a Adrián y a mí. Resulta que veníamos de la cafetería y que nos encontramos a Diana, mi ex, acompañada de un tipo con facha de matón. Cuando nos vio yo traté de que la evadiéramos, pero fue muy tarde, cuando me di cuenta ya la teníamos enfrente. Y cual no va siendo mi sorpresa que se agarró a gritarme como verdulera:
-Así que por eso me dejaste, porque ahora te gusta manejar de velocidades, si he sabido que eras puto no pierdo tiempo contigo, ojalá te dure el gusto porque aquí ya se hablan muchas cosas de ti y de tu amiguito.

Yo me molesté mucho, y no tanto por lo que dijo de mí, su opinión me importa un carajo, pero lo que no tolero es que haya insultado a mi amigo, el nada tiene que ver son sus pinches arranques de loca resentida.

Pero déjame te sigo contando, Adrián ni se inmutó, la miró con una mezcla de lástima y burla que nunca había visto en su cara y me dijo:
-Vámonos.-

Cuando dimos la media vuelta, la estúpida de Diana todavía grito:

-¿Van a su nidito de amor?, te apuesto a que a este si le pusiste casa ¿verdad?- Yo iba a regresarme a reclamarle pero Adrián me detuvo y solamente repitió: - vámonos-.

Como comprenderás me sentí de la fregada, no pensé que la traumada de Diana fuera capaz de hacer algo así. Adrián ya no habló hasta que salimos de clase y solo fue para decirme:

-Tengo cosas que hacer, mañana te llamo para ver a que hora podemos vernos, necesito hablar contigo,- y se fue.

Yo estoy muy apenado y muy molesto, lo que nos hizo Diana no tiene nombre, mejor dicho, si tiene, es una desgraciadez y lo que Diana no tiene es madre.

Bueno Hugo, me voy, ya no tarda en llamar Adrián, a ver que me dice, espero que no quiera terminar nuestra amistad.

25 de Marzo

Hugo:

Hoy si estoy realmente triste. Llevo tres días tratando de reponerme del shock de mi conversación con Adrián.

Resulta que yo pensé que me iba a reclamar por lo de Diana, y contrario a eso me hizo una confesión que me dejó helado:

-Raúl, no se como vayas a tomarlo, pero lo que dijo Diana ayer tiene mucho de cierto.

- ¿A qué te refieres? – pregunté.

- A que tengo que confesarte que soy gay, y no solo eso, sino también que he llegado a sentir por ti algo muy especial, algo que no había sentido con nadie, creo que estoy enamorado de ti".

Como comprenderás, Hugo, me puse como loco, me enojé mucho con el, le reclamé que por su culpa me andan tachando de maricón; le dije que era un pinche joto y que me arrepentía de haberle dado mi amistad porque el la había malinterpretado y traicionado.

La verdad no se cuantos insultos más le dije. Obviamente no quiero volver a verlo, siento una mezcla de coraje y desilusión horrible. Mira que poca madre de este tipo de decirme que estaba enamorado de mi, y pensar siquiera que yo podía corresponderle, ¡pendejo!

Ay Hugo, ya no se que hacer ni que decir, no me siento nada bien. Cuando pueda decirte algo vuelvo. Adiós.

10 de Abril

Que hay Hugo:

Hace casi un mes que no te escribía, la verdad desde que terminé mi amistad con Adrián no tengo mucho que contar. Mi vida volvió a ser monótona y aburrida, todo ha vuelto a girar en torno a mi familia: Fernando escribió de Suiza contándonos que sigue siendo "Don Perfecto", todo le sale bien. Georgina está insoportable, ¡el embarazo la trae de un humorcito! Lulú acaba de comprar una casa y nos dijo que ya está embarazada también. En fin, todos vuelven a ser esa "bonita familia" en la que yo no encajo.

Obviamente no les conté a mis papás porque terminé mi amistad con Adrián, solo les dije que habíamos tenido diferencias de opiniones, porque si les cuento la verdadera razón van a pensar que yo también soy gay, y mi padre es capaz de castrarme.

La escuela va bien, cambié de horario las materias que compartía con Adrián para no encontrármelo; solo hemos coincidido dos o tres veces desde aquel día, pero yo no he querido ni dirigirle el saludo.

Sin embargo, si te he de ser sincero, lo extraño. Bueno, no propiamente a él, a su amistad y a todo lo que hacíamos juntos. Pero bueno, ya habrá tiempo de conseguir otros amigos, aunque ninguno va a ser como él.

Nos vemos luego Hugo. Bye.

12 de Abril

Hugo:

No se que hacer, me siento confundido, como ya te dije, extraño a Adrián, y lo peor es que no me gusta la forma en que esto me hace sentir.

No puede ser, estoy mal…

13 de Abril

Hugo:

Disculpa que me haya ido así como sin nada, pero la verdad me siento muy confundido, los estragos que me ha dejado el romper mi amistad con Adrián han sido muchos, yo diría que demasiados.

18 de Abril

Hoy lo vi. en la escuela, por fin le devolví el saludo. Me dijo que quería hablar conmigo y la verdad accedí. No se si esto que te voy a decir sea extraño pero tengo que admitir que yo también lo extraño de una manera especial, pero en fin, a ver que pasa.

20 de Abril

Hugo.

Ayer hablé con Adrián, me pidió disculpas y me dijo que se sentía avergonzado por la confusión que creó en mí.

Yo le dije que no había problema y me disculpé por mi reacción. El me pidió que reanudáramos nuestra amistad y yo le pedí tiempo para pensar y para poner mis ideas en orden.

30 de Abril

Hugo:

Esto que te voy a contar es totalmente secreto. Me puse a analizar los últimos acontecimientos de mi vida y quiero decirte que he llegado a la conclusión de que yo también soy gay. Me costó trabajo admitirlo pero todos los caminos me llevaban al mismo fin: ya no me atraía mi novia, de hecho no me atraía ninguna mujer; me acoplé demasiado pronto con Adrián y sentí un coraje enorme al verlo asediado por las mujeres de la fiesta de mi hermana, ahora me doy cuenta que eran celos. El tiempo que estuve sin verlo sufrí mucho, nada en mi vida volvió a ser igual.

No lo he vuelto a llamar desde el día que hablamos. Pero, ¿sabes una cosa?, no se que vaya a pasar, pero lo voy a buscar, a decirle que yo también lo quiero y que deseo compartir mi tiempo con él.

Yo se que cuando se los diga a mis padres se va a desatar la tercera guerra mundial, pero no me importa, estoy dispuesto a enfrentar todo lo que venga con tal de defender el único sentimiento real que he tenido hasta hoy.

Ojalá mi familia y amigos puedan entenderme alguna vez y no me juzguen por mis preferencias sexuales. El mundo tiene que entender que la gente es buena o mala, no gay o no gay. Que todos somos creación de Dios, y que mientras no entendamos que hay seres capaces de dar amor no obstante su tendencia sexual o el color de su piel, el mundo no va a cambiar.

Gracias Hugo por acompañarme en mis momentos tristes y en los alegres, y sobre todo por aceptarme como soy. No se que pase en mi vida de aquí en adelante pero lo que si te puedo decir es que has sido un gran apoyo, no te voy a olvidar nunca. Gracias de nuevo.

BYE HUGO.

Raúl.

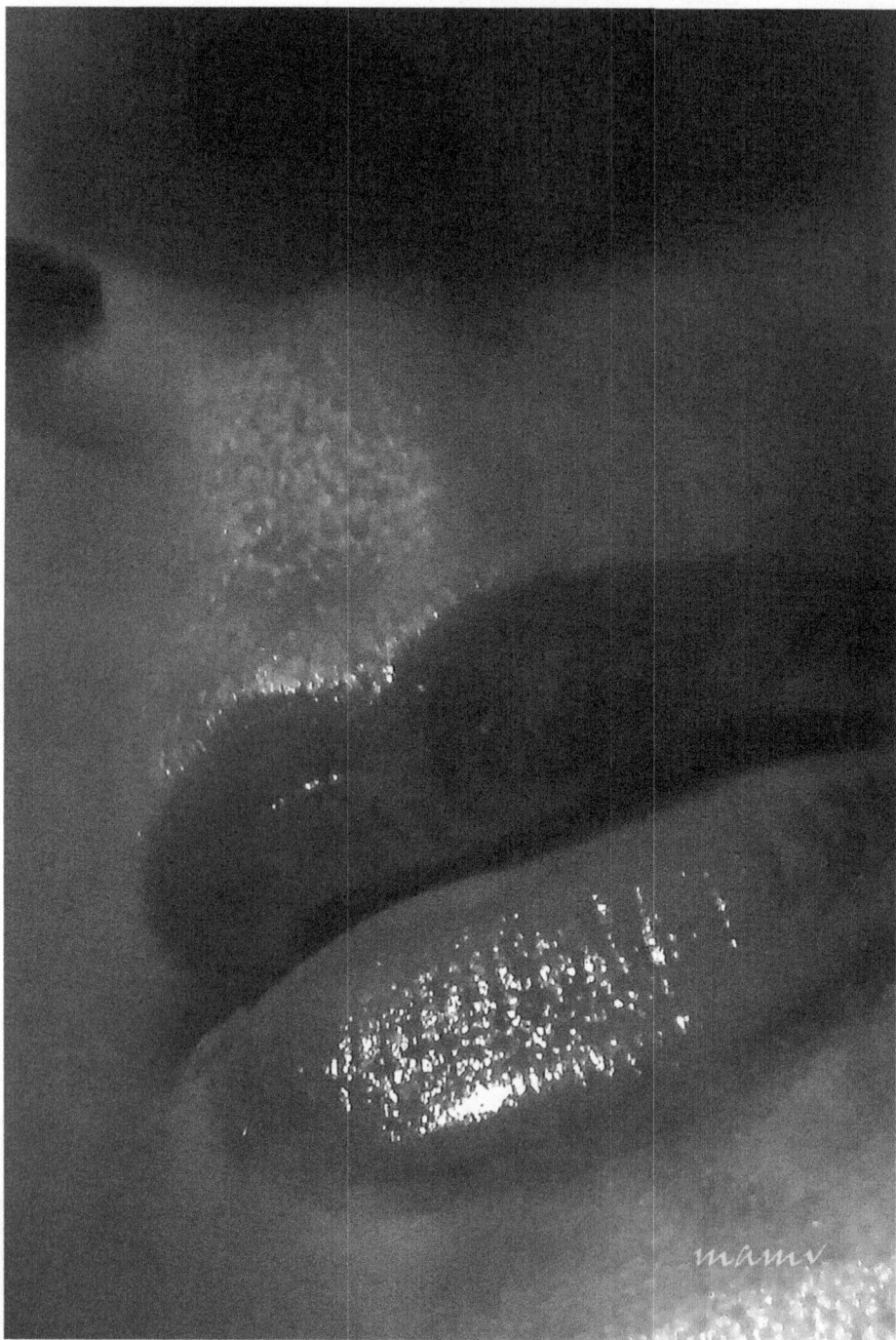

TRES HISTORIAS

AYER COMENCÉ A contarle a mi amado tres historias, mientras mirábamos la luna a través de una ventana. El rodeaba mi cintura y me preguntaba ¿nunca has escrito una historia sobre la luna?, yo estaba distraída y no le contesté. Mi mente la ocupaban las historias que tenía que contar, nunca he sido buena narradora, y menos cuando la luz de la luna ilumina el rostro del hombre con el que comparto mi vida.

Tratando de volver a la concentración comencé a narrar: "En un país lejano habitaba una princesa que vivía sola, abandonada por su padre, el rey …" apenas pude terminar esa frase cuando sentí que el brazo de mi amado me apretaba aún más contra su pecho. Yo, casi sin aire, fingí reprenderlo: "¡Estate quieto, no me dejas concentrar!", el hizo un gesto que era una mezcla de travesura y represión y prometió no interrumpir más.

Como yo ya había olvidado la historia que empezaba a contar, y sabiendo que el no se daría cuenta, comencé con otra nueva: "Caminaban 100 gentes con rumbo desconocido, buscando algo de lo que no estaban todavía muy seguros …" volví a detenerme porque ahora sus manos rozaban mi rodilla y mis muslos, lo miré con actitud amenazante, aunque por dentro me derretía, y continué mi relato: "…eran cien almas descarriadas que buscaban una guía.." y volví a detener la narración porque sentí su aliento cerca de mi oreja y eso en verdad me roba la concentración.

Me di la vuelta para quedar de frente hacia él, lo abracé y le di un beso en el cuello al tiempo que le decía "eres incorregible, ¿como quieres que te cuente un cuento si no me dejas concentrarme?" el sonrío y solo respondió "¿nunca has escrito una historia sobre la luna?".

Al notar que no hizo caso a ninguno de mis intentos por narrarle alguna historia, desistí, lo tome por las dos manos y lo empuje hacia la cama, comenzamos a besarnos en silencio y a tocarnos cada vez más adentro, la luz de la luna iba iluminando poco a poco más partes de nuestros cuerpos, primero los pies, los muslos, el vientre el pecho; el pecho de ambos que cada vez lucía más agitado por la excitación del momento.

Cuando estábamos a punto de llegar al clímax, el en un travieso juego interrumpió la acción, trató de incorporarse y en tono de broma me preguntó, "¿entonces que era lo que buscaban las 100 personas?", yo le seguí el juego y mientras le narraba mi historia, que dicho sea de paso, para como me sentía en ese momento ya no tenía ni pies ni cabeza, comencé a besarlo, y por cada cosa nueva que buscaban las cien personas le iba dando un beso en cada parte de su cuerpo. Así lo bese en el cuello, "paz," después en el pecho "amor", luego en su estomago "ternura", pero cuando llegue a su sexo, antes de besarlo le dije, "ahora dime tu ¿qué más pueden buscar las 100 personas?, el cerró sus ojos mientras sentía mis labios recorrerlo y humedecerlo aún más, hizo su mayor esfuerzo y comenzó a decir "pasión, éxtasis, belleza …" y llegó un momento en que ya no pudo hablar, solamente tomaba mi cabello y lo jalaba con una mezcla de ternura y pasión.

Llegado el momento que sentí que ya no podía más, yo también me detuve, me acosté a su lado y respiré hondo. Lo miré y la luna iluminaba la mitad de su silueta, también como travesura, hice como que cambiaba de tema y tartamudeando le dije, "¿en serio, creo que nunca he escrito una historia sobre la luna?".

El, incorporándose un poco, me dijo "Si, tienes razón" acerco sus labios a mi pecho y beso uno de mis senos y luego el otro, y así una y otra vez.

Y entre uno y otro me decía: "mira, aquí hay un rayo de luna, y aquí hay otro, y aquí uno más…" Después fue bajando más y más y cuando llegó al punto en donde me hace gritar, esforzándome dije: "¡Que bello brilla la luna!".

El se levanto y se acostó encima de mí, mientras me penetraba recargó su cabeza en mi hombro y yo bese su cabello, en el último momento se acercó su rostro al mío, me miró a los ojos y me besó. Llegamos a un éxtasis indescriptible yo sentí como si un rayo me hubiera alcanzado, pero era un rayo de amor, de pasión, de deseo, de ternura, un rayo de luna.

Se quedó acostado en mi, y yo lo abrazaba, pasaron tres o cuatro minutos, que se yo, en que no dijimos nada, cuando el levantó su cabeza y me miró sonriendo solamente pude decirle: "¿Sabes algo?, hoy acabo de escribir mi mejor historia sobre la luna?"

mamv

EL NUMERO 300 DE ALGUNA CALLE

OCTAVIO Y SOFÍA son novios hace tres años, ella trabaja despachando en una farmacia cercana a su casa. El inicia su desempeño como abogado en un bufete renombrado. Su vida es en apariencia normal, se quieren y están ahorrando para casarse. Todos los días a las 6 de la tarde Octavio recoge a Sofía en su trabajo y caminan de la mano hacia el parque de la colonia, ahí pasan horas platicando, acariciándose y haciendo planes para el futuro, hasta que las campanas de la iglesia dicen que es hora de volver. Ocho de la noche, hora de cenar y de preparar todo para el siguiente día. Un día que será como los demás, exactamente igual.

Así transcurre su vida, entre planes y suspiros, todos los días iguales, hasta hoy.

Sin tener idea del motivo o la razón, hoy Octavio y Sofía cambian su ruta e intentan llegar al parque por una calle aledaña, cercana pero distinta a la que transitan siempre, en su paseo ven casas y gentes diferentes a las que están acostumbrados a ver. Poniendo especial atención en los detalles de cada casa, caminan despacio, buscan ideas para la suya propia y se imaginan como será.

De pronto, las dos miradas se clavan en una casa muy especial, la número 300. Fachada verde con barandales blancos y una puertita pequeña de metal y cristal, que está abierta. Los jóvenes se sienten invadidos por una súbita curiosidad, acompañada por la necesidad de acercarse. Ya en el umbral se asoman un poco más, un largo pasillo a manera de zaguán es lo que encuentran, esta lleno de macetas de todos tamaños con flores pequeñas y grandes de muchos colores. En los claros de las paredes hay algunas jaulas con pajaritos exóticos. A simple vista no se ve nadie, jalados nuevamente por la curiosidad avanzan y se adentran en el pasillo. Ahora alcanzan a ver un jardín con una fuente de cantera y alrededor de este cuatro puertas.

Sofía se pone nerviosa y comenta:

- No deberíamos hacer esto, estamos invadiendo una propiedad privada, insisto, esto no esta bien.

Octavio la rodea con su brazo por los hombros tratando de tranquilizarla y de dice:

- No te preocupes, si te hace sentir mejor buscaremos al dueño, le diremos que su casa nos parece interesante y le pediremos que nos deje conocerla completa.

Sofía sonríe forzadamente y solo contesta:

- Bueno, si tu crees que esta bien, hagámoslo.

Octavio le dedica una mirada de aprobación y al tiempo dice elevando un poco la voz:

-¡Buenas tardes!, ¿hay alguien en casa?. Quisiéramos hablar con el dueño. Hace una pausa y espera respuesta.

La primera puerta se abre y de adentro de la habitación se escucha una voz.

- ¡Adelante! Pasen por aquí, mi hijo no está en este momento pero yo les puedo mostrar la casa, pasen, no tengan miedo.

Al acercarse a la puerta de la habitación, la figura amable y tierna de una ancianita los espera.

- Pasen hijitos, ¿les ofrezco algo de tomar?, ¿tal vez una agüita de limón?

Sofía sonríe y contesta:

- No se moleste señora, no le vamos a quitar mucho tiempo.

La ancianita los invita a tomar asiento con un ademán. Ellos acceden y comienzan a examinar el cuarto con la vista. Una cama matrimonial de latón junto a un buró de madera están justo frente al sofá rojo en el que ellos están sentados. Al otro costado de la cama hay un ropero pequeño y antigüo con muchas fotografías encima. La señora, sentada en la cama, nota su curiosidad y comienza a platicarles:

- Las personas de esas fotos son mis familiares. El señor vestido de traje es mi esposo, era un prominente abogado, estuvimos casados casi 30 años hasta que el murió, fue mi primer y único amor. Nunca supe de que murió, solo se que un día no despertó.

Al decir esto, la ancianita hace una pausa y seca las lágrimas que comienzan a salir de sus ojos. Los jóvenes se incomodan un poco, pero al ver que la ancianita va a continuar hablando vuelven a mirarla con atención.

Ella retoma el relato.

- El niño de la foto junto a la de mi esposo es mi hijo Rodrigo cuando hizo su primera comunión. Tenía 8 años, ahora tiene 38 y es un comerciante con muy buena suerte, su negocio ha funcionado muy bien desde que se inició.

La ancianita señala otra foto y les dice:

- Esa chica es mi hija Adela, tiene 32 años, es abogada como su padre, no se ha casado todavía pero dice que así es feliz. Su hermano se casó hace 10 años y tiene dos hijitos, y ella dice que con esos niños es suficiente, que la familia no necesita más.

Octavio no quiere mirar su reloj por no hacer sentir mal a la ancianita, pero presiente que ya han pasado un buen tiempo con ella. Toma de la mano a Sofía y dice:

- Señora, muchas gracias por compartir sus recuerdos con nosotros, hemos pasado un momento muy agradable pero me temo que debemos retirarnos, le agradecemos su hospitalidad.

La ancianita sonríe y con ternura responde:

- Vayan tranquilos hijitos, y que Dios los bendiga.

Ellos se levantan y salen, cruzan el jardín y después el zaguán. Al salir por la pequeña puerta principal Octavio consulta su reloj y sorprendido se da cuenta de que son las 6:10 de la tarde. Contrariado y pensando que tal vez se haya descompuesto pide a Sofía que mire el suyo, ella lo hace y la respuesta es la misma, 6:10 de la tarde. Sorprendidos miran hacia atrás y la puerta de la casa está cerrada, pero ellos no la cerraron.

Confundidos intentan retomar su camino pero cuando comienzan a avanzar se percatan de que están nuevamente donde comienza la calle, no encuentran explicación lógica mas tratan de no asustarse, pero al dar el siguiente paso, la historia se repite sin que ellos puedan hacer algo por evitarlo. Sus miradas se clavan en el número 300, avanzan hacia la puerta, nuevamente abierta, entran, cruzan el zaguán y al llegar al jardín la segunda puerta se abre y una voz masculina los invita a entrar.

Un hombre maduro pero bien conservado los recibe, ellos observan la recámara, muy parecida a la de la ancianita pero un poco menos maltratada, como si no hubiera pasado tanto tiempo. El hombre los invita a sentarse, en lugar del sillón rojo, el tenía dos sillas de bejuco y una pequeña mesita con una jarra con agua y dos vasos. Ellos se sientan, todavía confundidos miran al hombre, él, como si los conociera comienza a platicar:

- Esta casa yo la compré hace 27 años, casi acababa de casarme con mi esposa. A ella le encantó desde que la vio, dos o tres veces antes de que la compráramos. De hecho pasábamos muy seguido por estas calles en nuestros paseos de novios. Habíamos juntado algunos ahorros, entre los dos reunimos el enganche y hemos ido pagándola en estos años. Tenemos dos hijos, un joven de 18 y una niña de 12. Pero, en fin, no quiero aburrirlos con mi vida, mejor cuéntenme ¿qué los trae por aquí?

Octavio toma la palabra y responde:
- Pasábamos por aquí y nos llamó mucho la atención su casa, es muy bonita, cuando nosotros nos casemos nos gustaría tener una más o menos así.
Saca una cajetilla de cigarros de la bolsa de su camisa y le ofrece al caballero.

El agradece con una sonrisa pero se niega:
- No muchacho, muchas gracias pero no debo de fumar. Sabes, fumé mucho toda mi vida y esto me llevó a una grave enfermedad, de la cual creo que no me voy a recuperar, tal vez deje sola a mi familia muy pronto por no haber dejado de fumar a tiempo.

Al ver que los ojos del hombre se nublan, Octavio se apena, se disculpa y dice:
- Discúlpeme señor, no sabe como lo lamento. En fin, a pesar de lo ameno de la charla creo que debemos retirarnos, le agradecemos mucho su tiempo y su plática.
Sofía se levanta de su silla y se despide:

- Hasta luego y muchas gracias señor. Cuídese mucho y no pierda la fe, verá que su salud será muy buena.
- Adiós chiquilla y que sean muy felices.

Los jóvenes salen de la casa y la historia se repite nuevamente, al cerrarse tras de ellos la puertita de la casa, consultan su reloj y se dan cuenta de que son las 6:10 de la tarde. Ellos ya no quieren indagar que es lo que pasa, vuelven a emprender su caminata y la historia comienza de nuevo, la calle, la casa, entran al zaguán y ahora ven dos niños de aproximadamente 6 años la niña y 12 el niño. Ya sin tanta sorpresa como al principio les preguntan como se llaman, la niña se adelanta y contesta:
- Yo me llamo Adelita y mi hermano es Rodrigo, y ustedes ¿cómo se llaman?

Sofía le responde:
- Yo soy Sofía y el se llama Octavio, muy pronto va a ser mi esposo.
Adelita no hace mucho caso a la respuesta y aunque Rodrigo pone cara de sorpresa cuando intenta hablar ella lo interrumpe.
- ¿Y qué hacen en nuestra casa?

Octavio contesta:
- Entramos a conocerla porque la vimos desde afuera y nos pareció muy bonita. A Sofía le gustan mucho las flores y aquí hay muchas.

La niña contestó:
- Si, son muy bonitas, todas las plantó mi mami, le gusta hablarles y cantarles cuando las riega, dice que ellas la escuchan.

En eso Rodrigo interrumpe:
- Adelita ya es hora de cenar, mamá no tarda en llamarnos.
La niña solo asiente con la cabeza, se despide de las visitas y se aleja cantando una canción.

Sofía se sorprende porque reconoce en aquella tonada la que su mamá le enseñó cuando era niña, y que ambas cantaban mientras regaban las plantas, precisamente.

Los niños se retiran y entran cada uno a uno de las dos puertas restantes.

Octavio y Sofía dan media vuelta y otra vez salen de la casa, para su sorpresa, nuevamente son las 6:10 de la tarde, pero contrario a las veces anteriores, ahora si comienzan a caminar y avanzan hasta llegar al parque y continúan, un poco contrariados, su rutina diaria.

Nunca contaron a nadie su anécdota, pensaron que tal vez no les creerían.

Se casaron un año después. Al poco tiempo compraron una casa como la que habían visitado en su extraño paseo. Sofía llenó la casa de flores que cuidaba con amor y esmero. Tuvieron dos hijos a los que llamaron, casualmente, Rodrigo y Adela. Y algo bueno salió de aquel encuentro, Octavio dejó de fumar para evitar correr la suerte de aquel señor de la casa.

El tiempo pasó, casi cumplen 45 años de casados y aún están juntos. Octavio, Sofía y sus dos hijos, la chica es abogada y el joven comerciante, ellos junto a sus padres son los únicos que conocen la historia, y todos coinciden en que la vida les dio la oportunidad de cambiar su destino, ese destino que desde entonces vivía en el destino que desde entonces vivía en el número 300 de alguna calle.

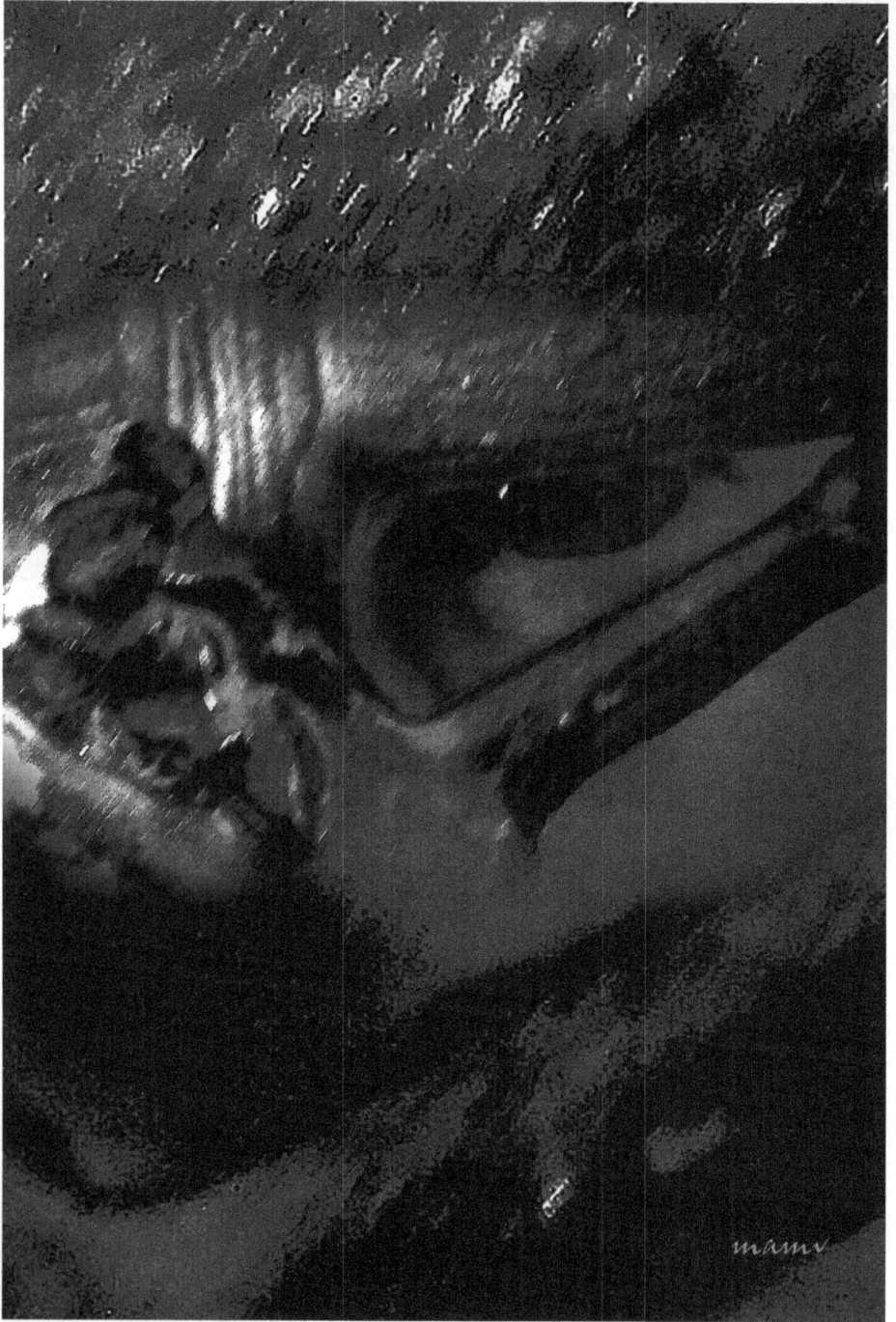

¡BLANCA, ABRE LA PUERTA!

ERAN COMO LAS 3 de la tarde de un día de Junio, desperté del aletargamiento conseguido con las 8 horas del viaje en tren, por fin llegué a mi destino; San Pascual, un pintoresco pueblecito del centro de la república en donde debía yo prestar mi servicio social como médico.

Al bajarme del tren, busque con la mirada a doña Isabel, la enfermera del pueblo quien había prometido ir a recogerme para llevarme a la casita en la que iba a vivir, que se encontraba justo al lado del consultorio en el que prestaría mis servicios.

Doña Isabel no aparecía, tal vez se le hizo tarde. Yo intente caminar llevando mi equipaje, que aunque no era mucho era un poco complicado de cargar. Apenas di dos pasos y lo que tenía que pasar pasó, mis maletas se cayeron, una de ellas se abrió y mis sombreros rodaron por el piso y dos de mis camisas quedaron tendidas en el suelo. Yo, un poco angustiado no encontraba por donde comenzar a levantar el desastre, cuando una voz amable me dijo:

-¿Joven, le ayudo a recoger sus cosas?- al tiempo que me entregaba uno de los sombreros que rodaron. Yo le agradecí el gesto y mientras terminábamos de recoger lo que se me había tirado me presente con él:

- Muchas gracias por su ayuda señor, yo soy Felipe del Puerto, el nuevo médico del pueblo. Es usted muy amable al ayudarme, estaba yo esperando a doña Isabelita Márquez y por querer adelantarme mire usted lo que me sucedió.

El hombre que era ya mayor, de pelo cano, no muy grande de estatura y vestía un traje oscuro cubierto por un abrigo café, sonríe amablemente y me contestó:

- Pues sea bienvenido doctor, verá que todos en el pueblo lo recibirán gustosos, aquí nos hace falta un buen médico, aunque San Pascual es un pueblo tranquilo, algunas veces se requiere. Y por Isabelita no se preocupe, no debe de tardar, solamente que la puntualidad no es una de sus cualidades.

Al decir esto miró hacia atrás y agrega:
- Mire, hablando del rey de Roma, por ahí viene Isabelita. Gusto en conocerlo doctor, ya tendremos ocasión de volver a vernos.

Yo solo contesté:
- El gusto fue mío señor, y gracias nuevamente.

El hombre se retiró y al llegar Isabelita me dijo:
- ¿Doctor del Puerto?
- Sí, a sus órdenes,
- Yo soy Isabel Márquez, su enfermera.
- Mucho gusto Isabelita.
- Igualmente doctor, venga conmigo, lo llevaré a su casa para que descanse, el viaje debió ser largo.

Dicho esto, tomó una de mis maletas y comenzó a caminar. Cabe decir que Isabelita aunque rebasa los cincuenta, es una mujer alta y corpulenta. A pesar de ser amable la noté un poco seria o hasta molesta. Tomé lo que quedaba de mi equipaje y le seguí en silencio.

Después de caminar un rato, por fin Isabelita rompió el silencio:
- ¿Qué hacia hablando con don Anselmo Reyes doctor?
- ¿Quién es don Anselmo Reyes?
- El hombre con el que hablaba, que se retiró cuando yo llegué.
- ¡Ah!, es una persona muy amable, fue el primero que conocí en el pueblo y se portó muy bien conmigo.

Inexpresiva, Isabelita seguía caminando y como no me contestaba, procedí a contarle la anécdota del accidente gracias al cual conocí a Don Anselmo.

Al notar que Isabelita no daba seña de emoción alguna, le pregunté si había algún problema, súbitamente comenzó a hablar:

- Don Anselmo Reyes es una persona no muy querida en el pueblo, durante mucho tiempo fue uno de los hombres más malos de San Pascual, pero un día…

Al decir esto hizo una pausa y volvió a quedar en silencio. Yo intrigado pregunte:
- ¿Pero un día que, Isabelita?
Ella solo me contestó:
- Un día cambió y se volvió amable, pero nadie cree que su cambio sea sincero.

Dicho esto cambió de tema:
- Mire, esa casa azul de la esquina es su casa, tiene todo para que viva usted tranquilo. La puerta café es la del consultorio. A dos cuadras hacia abajo esta la plaza principal, ahí está la iglesia, la botica y la escuela. Ya poco a poco después le iré presentando al cura, al boticario, al maestro y al Presidente Municipal entre otros personajes del pueblo.
-¿Como Don Anselmo Reyes?
- Esos se presentan solos, dijo molesta y dio media vuelta.
Ya desde la puerta solo agregó:
- Que descanse, lo veo el lunes en el consultorio, abrimos a las 8 de la mañana.
Yo confundido solamente atine a responder:
- Gracias, buenas tardes.

Ya solo en la casa me recosté un rato, tal vez me quede dormido, era sábado y pensé que tenía media tarde y todo el domingo para arreglar mis cosas, así que preferí salir a buscar algo para comer. En el camino de la estación a la casa vi una pequeña fonda, tal vez ahí pudiera conseguir algo.

Caminando hacia la fonda volví a encontrarme con Don Anselmo y lo abordé:
-Don Anselmo, que gusto verlo dos veces el mismo día.
El respondió:
- No crea doctor, no todos dirían lo mismo.
Yo ignoré el comentario y le dije:
- Voy a comer algo a la fonda, ¿por qué no me acompaña?
- Gracias doctorcito, será en otra ocasión.
Dijo esto y se alejó.

Llegue a la fonda y me presenté con doña Cándida, la dueña, ella me atendió muy bien y se portó también muy amable, pero no pude dejar de notar que cuando entré cuchicheo algo con su hijo que le ayudaba a atender, tal vez me vieron platicar con Don Anselmo. Este señor cada vez me intriga más.

Pase lo que quedaba del fin de semana acomodando mis cosas y preparándome para trabajar el lunes.

Si algo puedo decir de mis virtudes es que soy puntual, así que el lunes a las 8:00 de la mañana ya estaba yo sentado en mi escritorio aguardando la llegada del primer paciente. Media hora más tarde llegó Isabelita, después de saludarme se puso a explicarme donde estaban los papeles y todas las cosas que utilizaríamos para nuestro trabajo. Así llegó casi el medio día, en una pausa que hicimos para descansar un poco le pregunté porqué no le agradaba Don Anselmo.

Ella, aparentemente conciente de que no iba a poder evadir mi pregunta por mucho tiempo, tomó aire y comenzó a contarme:
- Mire doctor, hace muchos años cuando era yo joven tuve una gran amiga, Blanca. Éramos inseparables, nos queríamos casi como hermanas. Nuestros padres eran muy felices con nuestra amistad, que duró mucho tiempo, hasta que apareció Anselmo Reyes. Venía de un pueblo vecino trabajaba en el ferrocarril, nadie sabía nada de él, salvo que comenzó a cortejar a Blanca y la convenció de que la quería. Yo al principio me alegre por mi amiga, me daba gusto que fuera feliz, es más, me alegró que se casara con Anselmo, si era lo mejor para ella, era lo mejor para mí.

Dos años después de que se casaron, yo como enfermera del pueblo tuve que acompañar al Doctor Valencia, el médico de entonces a atender un parto al pueblo vecino, de donde se suponía venía Anselmo.

Cual no fue mi sorpresa cuando entre un comentario y otro me entero que el niño que íbamos a recibir era hijo de Anselmo y de otra mujer, y lo peor del caso es que ya era el tercero. Yo estaba molesta por el engaño a mi amiga, pero no quise hacerla sufrir contándoselo, a pesar de que ella me contara lo triste que la ponía no haber podido darle hijos a Anselmo hasta entonces y lo mucho que el la molestaba reclamándoselo. Yo callaba lo que sabía y trataba de que Blanca no sufriera, pero su vida al lado de ese tipo era cada vez peor, a los reclamos se añadieron golpes, insultos y humillaciones, hasta el punto de que el único embarazo que Blanca logró lo perdió en una golpiza.

Así entre golpes e insultos pasaron otros dos años y por casualidad volví a ir con el doctor Valencia al pueblo vecino a recibir otro niño de la misma mujer, pero ahora Anselmo también estaba ahí. Al principio se desconcertó al verme llegar pero después hizo gala de todo su cinismo, me llevó aparte y me amenazó: "Si Blanca se entera de esto te juro que te vas a arrepentir toda tu vida. Es más, por su bien te conviene no decir nada, si tu hablas ella pagará las consecuencias".

No esperó siquiera a que yo intentara hablar con Blanca, la siguiente vez que la encontré en el pueblo, ella se me acercó y entre llanto me dijo: "Perdóname Isabel, pero nuestra amistad tiene que terminar, Anselmo me la ha prohibido y no debo desobedecerlo. Te suplico que si de verdad me estimas no vuelvas a dirigirme la palabra."

Noté que los ojos de Isabelita se llenaban de lagrimas, hizo una pausa, volvió a tomar aire y continúo:
- Unos 4 o 5 años después de que esto pasó se corrió el rumor de que a Anselmo se le había aparecido el demonio, porque el había tenido un drástico cambio de carácter y pasó de ser un patán y un desgraciado a ser una persona accesible y amable. Ayudaba a la gente a la que durante mucho tiempo se dedicó a humillar y explotar. Se volvió amoroso con Blanca y hasta me pidió disculpas a mí, pero yo nunca creí en su arrepentimiento, sobre todo cuando Blanca murió y el doctor Valencia comentó que había fallecido de un derrame producto de las golpizas que el le había propinado años atrás.

Así que como comprenderá doctor, no me agrada ese tipo. La vida de mi amiga no se recupera con disculpas.

Yo no sabía que decirle, solo me disculpé por la imprudencia de mi pregunta, le di una palmada en la espalda y en silencio continué con mi trabajo.

Todavía en la noche mientras cenaba seguía impactado por el relato de Isabelita, pero de todo lo que me había comentado había una parte que llamaba mucho mi atención, ¿por qué el rumor de que a Don Anselmo se le había aparecido el demonio?, ¿de dónde salió esa historia?, ¿la contaría el mismo Don Anselmo?, y si era sí ¿cómo fue?. Porque un rumor así no nace de la nada, algo debía tener de cierto para que todo el pueblo se hubiera enterado.

Pasó un poco más de una semana y yo ya estaba completamente adaptado a mi trabajo. Una tarde volvía de hablar con Eusebio, el boticario, cuando escuché una voz que me llamaba:
- Doctor del Puerto, ¿cómo le va?
Volví la cabeza y vi. la figura de Don Anselmo que amablemente me saludaba. Durante unos segundos volvieron a mi mente las escenas del relato de Isabelita, pero traté de que Don Anselmo n lo notara.
- Don Anselmo, que gusto verlo, ¿a dónde va?
- A la plaza doctor, a caminar un poco.

- Permítame acompañarlo, yo voy al consultorio y me queda de paso, es más, espero que ahora si me acepte por lo menos que le invite un agua fresca, hace mucho calor.

Don Anselmo sonrío con una mezcla de angustia y resignación y aceptó mi invitación. Mientras saboreábamos nuestra bebida, súbitamente me preguntó.
- ¿Ya se lo contó Isabel, verdad?
Yo descontrolado pero a la vez temiendo ser descubierto respondí:
- ¿A qué se refiere Don Anselmo?

- No finja doctor, su mirada acaba de confirmarme que está usted enterado de mi historia, y que tal vez tampoco la cree. No lo culpo si a partir de hoy decide usted retirarme su amistad.

- No Don Anselmo, yo no soy nadie para juzgarlo por su pasado, conmigo ha sido usted siempre un hombre amable, y esa es la imagen que yo tengo de usted. Yo siempre me sentiré afortunado de que me considere su amigo.
- Siendo así doctor, creo que su amistad bien vale ser pagada con mi sinceridad. Le contaré la verdad de mi historia.

MARTHA ESPINOSA

Yo no quería lastimar a Don Anselmo como sin querer lo hice con Isabelita, así que le contesté:

- No es necesario Don Anselmo, yo lo aprecio y eso no va a cambiar con nada.

- Le agradezco doctor y precisamente por eso se lo voy a contar.
- De acuerdo, Don Anselmo, lo escucho.

El comenzó su relato:
- Como usted ya se habrá enterado doctor, yo fui una mala persona gran parte de mi vida, y tal vez hubiera seguido viviendo en mi error de no ser por una experiencia inolvidable, mi encuentro con el príncipe del mal, con el demonio.

Al ver la rara expresión que tomaba su rostro, solo atine a preguntar:
- ¿Pero cómo fue?

Don Anselmo guardó silencio un momento, tomó un gran sorbo de su agua de jamaica y continúo hablando:
- Venía yo caminando a la orilla del río un jueves por la tarde, eran alrededor de las seis y comenzaba a pardear. Yo venía de dar la última vuelta de ese día a los trabajadores de mi milpa, a los que por cierto explotaba.

Al pasar por alguno de los matorrales cercanos a la milpa sentí una presencia extraña caminando a mi lado; a punto de sacar la pistola para amenazar al extraño, cosa que hacía con frecuencia, algo me hizo esperar un segundo y voltear primero a verlo. Era un hombre más o menos alto, de facciones muy afiladas, vestido de negro, llevaba un sombrero de copa y un bastón en la mano.

Al mirarlo sonrió con maldad, de una manera que me helo la sangre y sentí mucho miedo, algo que yo raramente sentía. Por un segundo volví la cabeza, y cuando miré nuevamente hacia donde había visto al hombre este ya no estaba.

Con todo y el miedo que tenía aceleré mi paso. Apenas había avanzado unos cuantos metros cuando el viento comenzó a soplar fuertemente, parecía hablarme, parecía decirme: "Eres malo Anselmo, eres malo Anselmo".

No pude ni siquiera reponerme de estas dos cosas cuando escuche un rugido como de león detrás de mi. Sin pensarlo y muerto de miedo eche a correr sin parar para llegar a mi casa. La única vez que miré atrás alcancé a ver un par de ojos amarillos muy brillantes, como de pantera pero con un brillo demoníaco.

Por fin llegue a mi casa, como pude cerré la puerta y la atranqué, mi esposa salió corriendo y me preguntó angustiada:

- ¿Qué pasa Anselmo?. Yo solo pude responder:
- Cierra la puerta Blanca, que el demonio me viene persiguiendo.

Ella asustada trataba de acercar una silla a la puerta mientras escuchábamos como si unas garras la rasparan mientras esta se tambaleaba como amenazando con caer en cualquier momento. También se escuchaba el gruñir y la respiración agitada de un feroz animal. Así transcurrieron unos diez minutos hasta que caí desmayado.

No recuerdo nada, hasta el día siguiente que desperté en mi cama y vi la figura de mi esposa que se acercaba a darme un té caliente. Le pregunté que había pasado y ella solo respondió:

- Nada, no te preocupes.

Don Anselmo hizo una pausa, sus ojos estaban más abiertos que de costumbre y su mirada perdida. Entonces yo aproveché para preguntar:

- Y su esposa se enteró algún día de lo que usted vio y sintió aquella tarde junto al río.

El respondió:

- Si, poco antes de que ella muriera se lo conté y le pedí que me dijera que había pasado después de mi desmayo. Ella me dijo que había comenzado a rezar y llegó a tres rosarios cuando los ruidos se calmaron, la puerta dejó de tambalearse. Decía que escucho a la bestia alejarse aullando como perrito lastimado.

Yo siempre he pensando que su bondad y su fe me salvaron, pero lamentablemente ella luchó tan fuerte contra la bestia que su salud minó y al poco tiempo murió. Ella dio su vida por mi. Por eso Isabelita no me perdona, de hecho creo que ni yo mismo me he perdonado. Por eso traté de cambiar y de resarcir un poco a la gente que lastimé, para pagarle en ellos a Blanca lo que hizo por mí y lo que la hice sufrir.

Terminando de decir esto, Don Anselmo se levantó confundido y ofuscado. Me dio una palmada en la espalda y me agradeció el agua. Sin decir más salió del lugar.

Pasaron muchos meses después de aquella plática. Yo me concentré en mi trabajo y no volví a tocar el tema ni con Isabelita ni con Don Anselmo, a quien por cierto seguí frecuentando; nuestra amistad creció, platicábamos de muchas cosas, excepto de aquella tarde. Llegue a apreciarlo tanto que casi logré que Isabelita lo perdonara.

Un día, a unos meses de terminar mi servicio en San Pascual, me encontraba yo terminando de escribir una receta para un paciente cuando Isabelita entró y me dijo un poco alterada:
- Doctor, afuera hay un chamaco que dice que viene de parte de Don Anselmo, quien le manda decir que vaya a verlo porque se siente muy mal.

Yo sin pensarlo tomé mi maletín y salí corriendo detrás del chico que traía el recado. Al llegar a la casa de Don Anselmo lo encontré en su cama sofocado y respirando con dificultad. Le pedí que se quitara su camisa para revisar sus pulmones, que en apariencia eran la causa de su malestar. El se negó varias veces, pero ante mi insistencia acabó por ceder.
Casi me desmayo al descubrir en su espalda la cicatriz de lo que aparentaba ser el zarpazo de un gran felino. El me dirigió una mirada de resignación, con una ternura casi infantil.

Yo de inmediato comprendí que era el momento de despedir a mi amigo. Con una mano tome una de las suyas y puse la otra en su espalda, sobre la cicatriz y le dije:
- Dios lo bendiga Don Anselmo.
El me miró y sonrió, dio un gran suspiro y cerró sus ojos. Descansó en Paz.

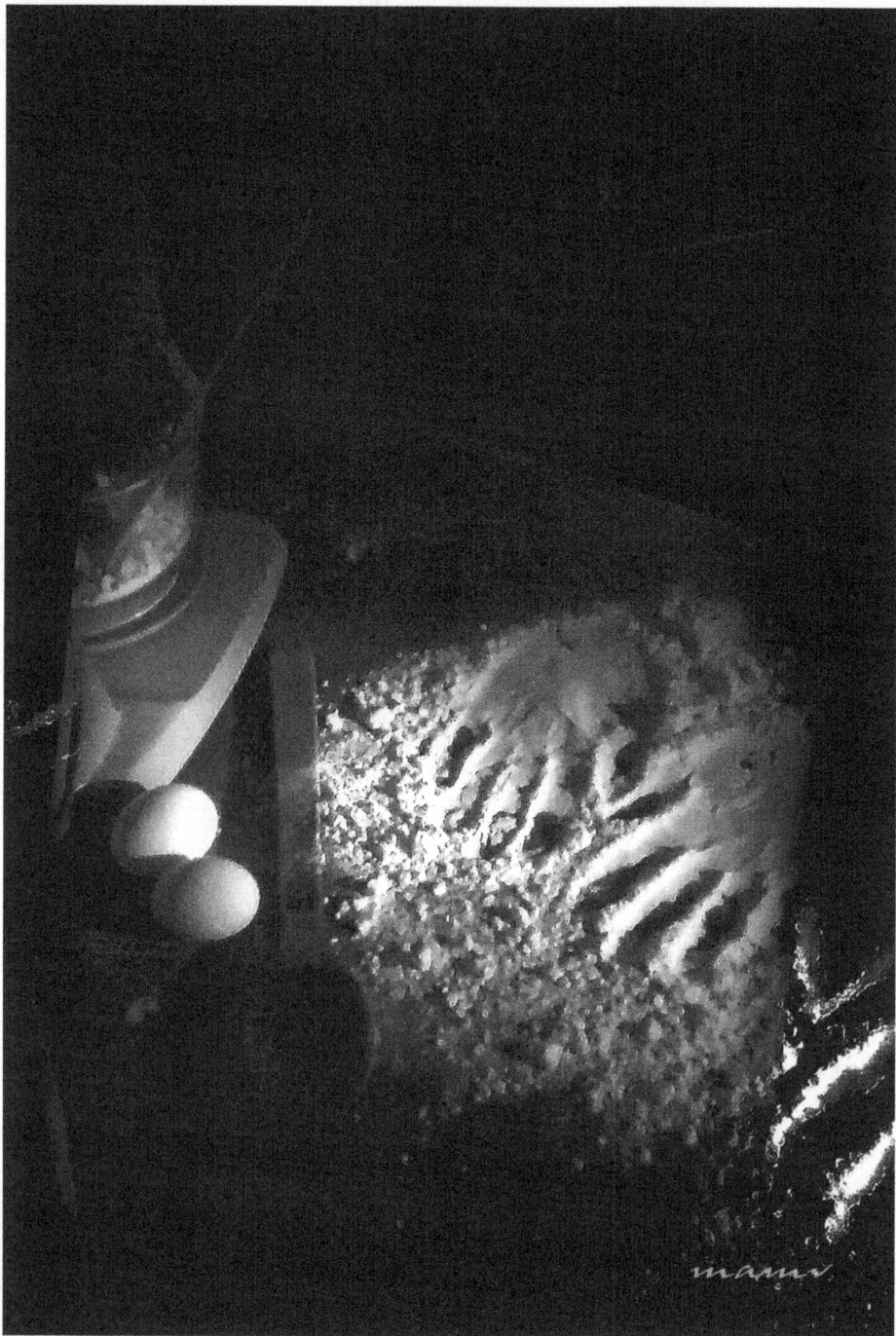

mamv

QUE LINDA ESTA LA MAÑANA

" ESTAS SON LAS mañanitas, que cantaba el Rey David ..." Mientras sonaban las notas de la famosa canción yo miraba el resplandor de la luz de las velas, ese resplandor que en un momento me saco de foco y me hizo sentir que admiraba yo aquella postal desde otra dimensión.

Lo único que realmente acaparaba mi atención era la cara sonriente de mi amado disfrutando aquel momento. Sonreía tierno y pícaro como siempre, al tiempo que soplaba para apagar las velas de su pastel.

La lumbre se apagó, el resplandor desapareció y entre el humo que quedaba alcancé a apreciar su cara, que con gesto de travesura se robaba la cereza que coronaba el betún del pastel. Ese fue el momento cumbre, mirarlo llevarse la cereza a la boca me llevó a un extraño éxtasis, el éxtasis que da el recordar la noche anterior, cuando él, agradeciéndome el pastel que preparé para su cumpleaños me regaló el mejor momento del día. Y extrañamente recordé también el pastel que le preparé con todo mi amor, si, ¡con todo mi amor!

Una taza de harina y sus brazos rodean mi cintura, otra taza más y un beso en mi cuello, agrego el polvo para hornear y siento su boca en mi boca. No sé lo que me pasa, esta mezcla de recuerdos me provoca un delicioso placer que me extrae de la realidad.

Han pasado solo segundos, vuelvo a mirarlo y él me guiña un ojo mientras saborea nuevamente la cereza, yo sonrío y pongo en marcha mi imaginación una vez más.

Agrego azúcar al pastel y sus manos recorren mi cuerpo, algo de vainilla me da el sabor de sus besos en mi pecho. Hay que precalentar el horno, 360 grados es el calor de nuestra intimidad acercándose. Esto toma temperatura, pero hay que mezclar bien los ingredientes, una fuerte agitación invade su pecho y el mío, nunca una mezcla quedó mejor.

El pastel entre en el horno y la temperatura tiene que subir, y sube, y sube hasta que el calor llega al máximo y … ¡explota!. No, el pastel no explotó, mi amor explotó, yo sentí dentro de mi toda la fuerza de su explosión. Un rico betún de vainilla me invadió por dentro, ha sido el mejor momento del día, que digo del día, de mi vida entera.

Y como si esto fuera poco, un tierno beso viene cuando todavía está dentro de mí, la cereza del pastel, esa rica fruta que luce pequeña pero tentadora, tierna pero invitante como la sonrisa de mi amado.

El éxtasis me hizo sonreír como tonta, todos me miran extrañados, yo solo me acerqué a él, lo besé y lo abracé, le acaricié el pelo y le murmuré al oído: "Feliz cumpleaños mi amor".

DOS MINUTOS Y MEDIO FRENTE AL ESPEJO

EL DÍA AMANECE gris, la lluvia amenaza con echar a perder mis planes de hoy. Ya no me sorprende, un día es la lluvia, otro día el sol, otra vez el carro y otras veces yo. Que trabajo cuesta mantenerse en pie contra las adversidades de la vida, contra las "casualidades" del destino.

A veces creo que si una persona tiene sueños está condenada a sufrir para alcanzarlos, es como una maldición, como el pecado original, o tal vez peor, porque para esto no existe bautismo. ¡Ay! Si Dios nos hubiera prohibido soñar, si en lugar de la manzana del árbol del bien y el mal les hubiera dicho a Adán y Eva "Les prohíbo soñar", otra sería la vida. O tal vez nadie nos lo ha dicho y el árbol prohibido era el de los sueños, y la manzana era la ilusión y el anhelo, por eso Dios lo prohibió, quería evitarnos sufrimientos. Si, eso debe de ser, Adán y Eva nos condenaron a soñar imposibles que la serpiente del destino nos presentará bellos y atractivos, y que con el sudor de la frente iremos pagando hasta que una mujer, la Fe, le pise la cabeza y podamos esperar el "Bautismo" del sueño alcanzado.

Meditando en el "sueño original" se me ha pasado el tiempo, la lluvia se fue y yo ni me enteré, como es normal ya se me hizo tarde para el trabajo, ahora mi enemigo es el reloj y pronto lo será también un jefe gruñón que, dicho sea de paso, debe de pensar que soy rica y que trabajo por puro gusto, porque el miserable sueldo que me paga es sólo simbólico.

Tráfico y gente, hoy todos quieren pasar antes que yo, si claro, mi prisa no le importa a nadie, total, yo solamente recibiré las treinta punzantes miradas de mis compañeros de trabajo, más la de mi jefe que moverá la cabeza y me dirá "¿qué vamos a hacer con usted?"

Por fin logro llegar a mi cárcel de vidrio y concreto, una gota de buena suerte me salpica, el jefe no está. ¡Vaya! Solo me quedan treinta jueces más, lo bueno es que ellos no me importan, los miraré sonriente y les preguntaré lo mismo de siempre: "Hola Sra. Rangel, ¿cómo está su bebé?, ¿cada vez más grande, verdad? Sr. Ramírez ¿cómo sigue su columna?, ¿ya no le duele?…" y así hasta repasar todas las vidas que he tenido que aprenderme para poder llegar tarde.

Parece que no hay mucho trabajo, tengo tiempo de divagar un poco, vuelvo a pensar en los sueños, yo hubiera querido ser bailarina, pero no ballet clásico o esas cosas, me hubiera gustado ser coreógrafa, trabajar con artistas de gran talla y que mis espectáculos fueran mundialmente conocidos, pero en fin, "bienvenida al mundo real", entre bailes y sueños se me ha ido el tiempo.

Más harta que cansada regreso a mi casa, en el camino vuelvo a ser el blanco de intrépidas hazañas de la gente que quiere llegar primero. Ya en casa, trato de descansar un poco, degusto un "nutritivo" vaso de leche.

Al terminar de cenar trato de relajarme viendo un poco la televisión, pero creo que ha sido peor, me mortifica el solo pensar que la heroína de la telenovela va a sufrir más hoy, que otra vez el galán caerá engañado por la villana, quien le dirá que espera un hijo suyo.

No se si reír, llorar, o ponerme a rezar, si, a rezar, porque yo me siento víctima de los villanos de la realidad, de la gente que nubla mi diario vivir. Me los he encontrado peores que los de las telenovelas, son villanos de caras limpias y gestos nobles, que a final de cuentas, cuando yo no soy como ellos me necesitan, me dan el peor de los golpes, el que se da por la espalda.

Se me ha empezado a escapar el sueño, entre todas las apuraciones que me aquejan siento la necesidad de desahogarme, tomo mi almohada y la abrazo, le pido apoyo y consuelo, pero no me lo da, es solamente un pedazo de tela relleno de trapos, en fin, hice el intento.

Cuando por fin puedo dormir, mis sueños no son mejores que la realidad, una rara bestia me persigue echando lumbre por sus fauces mientras yo corro en un llano árido y sin gente que pudiera ayudarme, más adelante me espera un león, fiero pero de noble corazón, que me

MARTHA ESPINOSA

transporta en su lomo hacia una verde selva en donde el y otros animalitos súbditos suyos me hacen una gran fiesta. Comemos pastel y bebemos un rico atole de hojitas de plátano, y cuando estamos a punto de ponernos a bailar, un timbre termina con todo ese encanto, es mi despertador que me recuerda que mi calvario comienza, tengo que estar lista antes de las ocho de la mañana si no quiero ver otra vez la gorda cara de mi jefe diciéndome: "le encargo que llegue más temprano ¿sí?".

Después de darme un baño llego a mi recámara, me miro al espejo y comienzo a peinarme y a arreglarme, un poco de gel aquí, algo de maquillaje por allá y cuando doy media vuelta, segura de que ya estoy lista, camino hacia la puerta y siento la sensación de que algo me falta, la ignoro y continuo hacia fuera, pero la sensación vuelve, que puedo hacer, según yo todo estaba planeado y preparado con tiempo para que esto no volviera a pasar. Pero sigo sintiendo esa necesidad de regresar a mi recamara por lo que se me olvidó.

Al final de cuentas lo hago, doy media vuelta y regreso a mi cuarto, cual es mi sorpresa cuando al mirar hacia el espejo de mi tocador veo mi imagen, ahí estaba yo, o mi otro yo, arreglándose tranquilamente, canturreando una canción y poniendo todo el esmero en cada cadejo de cabello peinado.

¡Hey tu!, ¿qué demonios haces ahí?, que no ves que tengo prisa, ¿quieres que el gordo me regañe otra vez?, ¡apúrate! No tengo tu tiempo. Voy a llegar tarde. La imagen solo me mira y sonríe burlona, cuando ve mi cara de duda sonríe y con una voz pasiva, relajada me contesta: "idiota, ¿crees que matándote por llegar temprano vas a quedar bien con el jefe?, y si llegas a tiempo ¿qué?, ¿vas a ser mejor?, ¿te va a valorar más?, no ¿verdad?

Yo siento una mezcla de asombro, angustia y desesperación, pero me tranquilizo y le contesto: "que puedes tu saber de lo que es la prisa, tu no necesitas trabajar para vivir, tu te la pasas tranquila en el espejo, nadie te presiona, nadie te molesta, no debes quedar bien con nadie, ¿no se de que te puedes tu apurar?, tu no comprendes mi vida porque simplemente tu no sabes lo que es vivir.

¿Y tu si lo sabes?, me respondió, "yo no te estoy diciendo que te vuelvas irresponsable y que llegues siempre tarde a tu trabajo, o que no cumplas con el, pero creo que lo puedes hacer de manera más relajada, viviendo tu vida y disfrutándola para ti, no para los demás, siendo tu misma. ¿Entiendes?"

Yo solo le contesto "tu que sabes", doy media vuelta y salgo de la habitación. Con el rabillo del ojo alcanzo a ver que me sonríe y me hace una seña de despedida con su mano (que es la mía), justo en ese momento siento un insoportable dolor de cabeza que desaparece al instante. Trato de no hacer caso a lo sucedido y bajo las escaleras de mi casa, antes de dirigirme hacia la puerta siento un poco de hambre. Sonriendo me dije: "Bueno, un cafecito y dos galletas no harán que me retrase mucho y así no me voy con hambre", me dirijo a la cocina, preparo un café, que dicho sea de paso me supo delicioso, como dos galletas, corro a lavarme los dientes y, ahora sí, camino a la puerta.

Al salir del edificio en el que vivo puedo observar que el día es más brillante de lo que pensaba, el cielo es azul y parece que el sol ha amanecido de 100 watts.

En el camino al trabajo el tráfico no parece tan infame como otros días, yo manejo tranquila y relajada, incluso prendo el radio y me atrevo a ponerme a cantar la canción de moda.

Llegando al trabajo, increíblemente encuentro estacionamiento cerca de la entrada, bajo de mi auto y lo cierro. Mientras me dirijo hacia mi oficina vuelvo a toparme con los personajes de siempre, solo que ahora lucen diferentes y realmente no se por qué. La Sra. Rangel me cuenta que su bebé había aprendido a decir "mamá" y yo siento una ternura enorme, la felicito de todo corazón al mismo tiempo que le deseo un buen día y le envío un beso para el pequeño. Unos pasos más adelante me topo al Sr. Ramírez, quien rápidamente me dice que acababa de saber de una medicina fabulosa para su columna, que comenzó a tomársela y que se siente magníficamente bien.

"En verdad me da gusto", le contesto, "sígase cuidando mucho y tenga la seguridad de que esa medicina le va a hacer mucho bien, muy pronto lo vamos a ver completamente restablecido, ya lo verá."

Casi a punto de entrar a mi oficina me encuentro con el Lic. Márquez, mejor conocido como "el gordo", es decir, mi jefe, quien me mira y al instante sonríe, y cuando yo ya veía venir la típica regañada, lo escucho decirme: "No sabe que gusto me da verla aquí tan temprano, se nota que quiere ponerle animo a su trabajo, eso es fantástico. Por cierto, estoy terminando de revisar su proyecto nuevo y déjeme decirle que lo que he visto es genial, estoy seguro de que lo llevaremos a cabo, y por supuesto usted será la encargada de dirigirlo. Prepárese para una excelente carrera en la empresa, que tenga un buen día, hasta luego".

No puedo creer todo lo que esta pasando, me siento contenta pero estoy confundida, repentinamente todo ha cambiado de matiz, mi vida gris ha tomado un color azul cielo, resplandeciente y brillante. Es algo raro pero me gusta.

Mientras medito en todos estos sorprendentes cambios vuelvo a sentir aquel raro dolor de cabeza de la mañana, cierro los ojos y casi inmediatamente deja de dolerme la cabeza. Cual va siendo mi sorpresa que al abrir los ojos me encuentro nuevamente en mi casa, frente a mi espejo, en donde mi imagen me mira sonriendo y con un suave meneo de cabeza me dice: "¿verdad que es más bonito así?, solamente tenías que cambiar un poco tu actitud, ver la vida de diferente forma y sobre todo disfrutar al máximo de tus actividades diarias, creme que si te lo propones lo vas a lograr"

¿Entonces, no fue cierto, solamente lo soñé? Pregunté asustada, mi imagen me respondió: "ni lo soñaste, ni fue mentira, simplemente no ha sido, pero puede ser, y puede ser hoy mismo si tu quieres, ¿ya viste tu reloj?".

Levanto mi muñeca y me fijo que son las ocho con veinte minutos, solo han transcurrido dos minutos y medio desde que intenté salir del cuarto, todo fue como una visión, volteo nuevamente al espejo y le digo a mi imagen: "Gracias, me has enseñado muchas cosas en muy poco tiempo, por favor no te separes de mi, necesito que sigas mostrándome el otro lado de la vida, ¿si?"

"Por supuesto" responde, "siempre que necesites detenerte a tomar fuerza y a mirar desde otra perspectiva tu vida, acércate aquí, mírate a los ojos y observa al mundo a través de mi visión, contraria pero casi siempre más real que la real, en pocas palabras, siempre recuerda lo importantes que pueden ser DOS MINUTOS Y MEDIO FRENTE AL ESPEJO"

Made in the USA
Las Vegas, NV
21 July 2022

51947928R00049